觉醒

何权峰 著

青岛出版集团 | 青岛出版社

本书中文简体字版经北京时代墨客文化传媒有限公司代理，由作者授权在中国大陆出版、发行

山东省版权局著作权合同登记号图字：15-2023-165

图书在版编目（CIP）数据

觉醒/何权峰著. —青岛：青岛出版社,2024.3
ISBN 978-7-5736-1741-5

Ⅰ.①觉… Ⅱ.①何… Ⅲ.①散文集－中国－当代 Ⅳ.①I267

中国国家版本馆CIP数据核字（2023）第222384号

		JUEXING
书　　名	觉　醒	
作　　者	何权峰	
出版发行	青岛出版社（青岛市崂山区海尔路182号）	
本社网址	http://www.qdpub.com	
邮购电话	18613853563	
责任编辑	李文峰	
特约编辑	侯晓辉	
校　　对	李玮然	
装帧设计	蒋　晴	
照　　排	梁　霞	
印　　刷	唐山市铭诚印刷有限公司	
出版日期	2024年3月第1版　2024年8月第2次印刷	
开　　本	32开（880mm×1230mm）	
印　　张	7	
字　　数	112千	
书　　号	ISBN 978-7-5736-1741-5	
定　　价	39.80元	

编校印装质量、盗版监督服务电话 4006532017　0532-68068050

自　序

当坐云霄飞车时，你或许会感到害怕，或许也会觉得好玩、刺激。

当旅游遇到大雨时，你或许会觉得煞风景，或许也会觉得别有一番风景。

当上司交代工作时，你或许会觉得上司在找麻烦，或许也可理解为他在给你表现的机会。

当拔掉一颗牙时，你或许会感到很痛，却也让你解除牙病带来的痛苦。

你知道我要表达的含意是什么吗？

常有人问我："世界上为什么有那么多的问题，人为什么有那么多的烦恼与痛苦？"这些所谓的"苦"从何而来？我们一般认为是自己的命不好、运气不好、境遇不好、身边的人不好，所以我们不好，把所有的问题都归为外在的一切。如果外在的问题解决了，我们就会变好，但事实真是这样吗？

一直以来，人们就是这样搞错的。他们想改变世界、改变伴侣、改变孩子……却从来没有成功过。

一位禅修大师曾说："如果你懂得划船，那么任何一条船你都会划；如果你不懂得划船，换一条船也没有用。换一种关系并不能解决关系的问题，任何关系迟早都要进入同样的情境里。"

如果不快乐，你认为换地方，换工作，换车子，换房子，换个人，就会快乐吗？不，你永远摆脱不了内心的想法，这会反映在你的生活和言行上。

人生的很多痛苦其实不是来自外界，而是来自内心。痛苦，就是提醒你该觉醒了。当你的内心改变了，自己才会改变；当自己改变了，你和他人的关系也会发生改变；而关系改变了，你的人生也会随之改变。这就是觉醒的智慧。

有时你觉得事情很难改变，其实只要转念，马上海阔天空。

请你深呼吸一口气，聆听远处的鸟鸣，望着湛蓝的天空上一朵孤独的浮云缓缓地飘过。这一刻，那些让你感到不愉快的事情不都随风而逝了吗?

　　人生，就是不断觉醒、蜕变的过程。世界不一定会变
得更好，但是你会慢慢变好。

名人的觉醒

卡尔·古斯塔夫·荣格（Carl Gustav Jung）

瑞士心理学家

向外看的人，梦游；向内看的人，觉醒。

亚里士多德（Aristotle）

古希腊著名思想家

人生最终的价值在于觉醒和思考的能力，而不只在于生存。

亨利·戴维·梭罗 (Henry David Thoreau)

美国作家、哲学家

保持清醒才是活着。

王阳明

明代思想家、军事家、心学集大成者

圣人之道，吾性自足，向之求理于事物者误也。

路遥

作家

每个人都有一个觉醒期，觉醒的早晚决定一个人的命运。

周国平

作家

一个灵魂已经觉醒的人，他的生命核心与一切生命之间的道路打通了，所以他是不会狂妄的。

目　录

第一章
懂得放下的人活得轻松

当遇到痛苦的事情时，我们反复回想痛苦的经历，有时并不能帮助我们改善处境，反而会加剧我们的痛苦。生命中的痛苦，我们本来就必须承受，随之所追加的痛苦，却是没必要的，何必自讨苦吃？

早知道

"早知道我就……"每次听到有人自责、懊恼地说出这句话，我总是微微一笑，心里想起朋友常说的话："早知道我就发财了。"如果说这句话的人真能早知道的话，如今又何必懊悔呢？

千金难买早知道，万事皆因没想到。如果朋友能早知道大乐透中奖的数字，轻轻松松就能将几亿元收入口袋，他不就发财了？

没有人能早知道。如果当初你知道要"这么做"，就不会"那么做"。

你做错了事、说错了话、选错了工作、爱错了人、买错了股票……你自责，要是当初你没那么做，就不会发生这种事；你懊恼，假如那时你早点儿发现，也就不会变成这样；你不断追悔，早知道你就……但你没尝试过，你又怎么能知道？

教小孩知道炉子很烫不可以碰，只有等到小孩碰到炉子后，才知道很烫。事后才有所明白，就是领悟。

现在你觉得后悔，你说："如果我那时就知道现在明白的事就好了！"这些领悟，不就是过去的"无知"所觉悟出来的？

如果你没有迷惘，就不会有领悟。所以，你无须懊悔、自责！要知道，多花一分钟去懊恼，就少一分钟去解决问题；多一分钟自责，就少一分钟负责任。

有句话说得好："因为有了因为，所以有了所以。既然已成既然，何必再说何必。"既然太阳走了就走了，可别再错过月亮和群星。

你永远不可能回到以前，如果真的回到以前，你依然会犯同样的错误，因为你当时并不知道以后会怎样，对吗？

如果当时你就知道以后会怎样，也就不会说"早知道"了。

走错路

究竟什么是错误的决定？如果你选择了一条路，然后你经历了一段艰辛的路程，就表示你做了错误的决定吗？一条比较轻松、比较好走的路，就是最好的选择吗？这实在值得我们深思。

人总是在诸多的选择当中纠结，之所以无法决定是因为害怕犯错："万一错了，导致结果不如预期怎么办？"

我们在生活中会持续地听到许多人在不断地后悔——"如果我当初读了别的专业，如果我没离开那家公司，如果我跟另一个人结婚，如果我没生小孩，如果我……

不可否认，如果上段文字中所说的那些"如果"真的发生了，那么我们的人生可能会大不相同，但有谁能保证这种选择就是最好的？

当你选择某条路时，就永远无法确定选择另一条路的结果。就像从台北到宜兰，你选择走滨海公路的话，可以欣赏沿途的美景；如果你嫌弃装沙石的过路车多，又费时、耗油，你当然会后悔："当初应该走北宜公路才对。"但这样真的就对吗？未必，你也可能会受不了北宜公路"九弯十八拐"的路况，同样懊恼自己走错路。

我常常会想，人生路上，到底有没有一条叫作"错"的路呢？

一条路走的人多了，总是尘土飞扬、十分拥挤，当你换条路走时，也许能走出来一条属于自己的路。

当怀着一颗旅人的心去游历时，你便无处不可游历、无景不可欣赏，也就没有所谓的走错路。不管你选择哪一条路，都会有别样的风景，不是吗？

当你开车向前行驶时，你的双眼必须紧盯着前方的道路，而不是频频回顾已经驶过的路。

第三节
精彩人生

假如你和某人相恋，当知道你们将来会分手时，你还会和他继续交往吗？

假如你想创业，却预知将来会历经许多艰难波折，你还会去做吗？

假如你已经知道自己的死期，你还有心情庆生吗？

我想，多数人的答案应该都是否定的。

还好，我们并不知道将来会发生什么。如果我们事先都知道，人生就没有剧情、没有故事了。

许多美好的体验之所以让你难以忘怀，是因为它们都在你的意料之外。

波兰女诗人维斯拉瓦·辛波斯卡（Wislawa Szymborska）在《一见钟情》一诗中这么写道："他们彼此深信，是瞬间迸发的热情让他们相遇，这样的笃定是美丽的，但变幻无常更为美丽……"

很多成功的创业者在演讲或接受采访时总会说："要是我知道自己原来什么都不懂，或许我根本不敢创业。""要是我知道创业这么辛苦，我也许就不想创业了。"不过，最后他们通常会补充说："我很庆幸自己当初不知道这些事，否则，我可能就没有今天的成就。"

人生因不确定而精彩。我们将有的事称作好事，有的事称作坏事，但是到底是幸或不幸，好或坏，其实我们都不知道。你也许认为某件事是天上掉下来的礼物，然而你并不知道接下来会如何发展；某件事让你觉得挫折沮丧，但最终结果如何你并不知道。

每个人的一生充满了曲折变化，这种变化代表了人生的丰富性与戏剧性，跌宕起伏的人生，才值得我们无限回味。

我虽不确定未来会如何，但我很确定的是：我不要过一成不变的生活，不愿做一成不变的自己，不然，我的人生该多么无趣啊！

人活一世，不管我们拥有什么，失去是早已注定的，只是不知道会在什么时候，大家才如此积极进取。

其实，我们一出生就被判了死刑，只是不知道会在哪一天以什么方式结束。然而，也正是因为这种"无知"，我们才对生命怀抱无限希望。

所以，你只管负责精彩，其他的就顺其自然吧！

如果你只想追求安全舒适的生活，那么你希望人生就在客厅、餐厅及卧室中度过吗？

如果你希望自己的人生一帆风顺，那么你的人生就不会丰富多彩，岂不是很无趣？

第四节

痛，令我们清醒

那是一个很冷的夜里，我迷迷糊糊地醒来，心里想着未做完的工作，于是决定起来去完成它。

在神志不清的状态下，我想冲杯茶提神。我将泡好的茶倒入杯子里，因为一时疏忽，拿起水杯就往嘴里倒水，啊！顿时整个舌头被热水烫得刺痛发麻。突然间，我完全清醒了。

原来，痛是会唤醒人心的。痛了才会改；不痛，人是很难改的。当我们的脚被刺到、踢到、烫到，一定会跑掉或跳起来，绝不会继续待在那里，任脚疼痛。当我们生了一场大病、遭爱人背叛、工作不保、财务危机、亲人离世……每种痛都会迫使我们觉醒并做出改变。

其实，很多人都是浑浑噩噩地生活，每个人都将眼前所看到的一切当作理所当然，从而对生命失去觉知，过着一种没有"心"的生活……就像是人喝醉或者被打麻醉剂后，没了意识，也就变得麻木无感。

有位嗜酒如命的病人，在一场意外后脱胎换骨。他说："若不是那场意外，我一定还是老样子。"

还有位病人在住院期间，面临婚变，在双重打击下，她伤心欲绝。

我告诉她，她正处于"重生"的过渡期。

伤痛是一个很好的征兆，意味着重生。因为痛，我们会清醒；因为清醒，所以改变；因为改变，生命于是向前。

剧痛会带来巨变。记住，这个痛并不是要我们受苦，而是来唤醒我们的。若不是这样，你又怎会痛定思痛、痛改前非，你又怎么可能蜕变？

回想一段你曾经历过的痛苦时光，你可能在当时正遭受责难、挫折、遇到大麻烦，现在请回头看那段遭遇，是否发觉那些痛让你觉醒，让你成长最快、改变最多？

人生之苦，从何而来？

穷苦、劳苦、悲苦、念书苦、工作苦、病痛苦、相思苦……人生仿佛充满各式各样的苦难，有些人甚至直接认定：人生即苦。

你有没有想过，苦到底是什么？如果我们身上没有任何伤口，也没脱一层皮、少一块肉，这苦又是怎么来的呢？

"痛苦"，仿佛意味着只要有"痛"，就一定带来"苦"。但事实并非如此，"痛"并不等于"苦"。所有的动物都会感觉到"痛"，只有人类会"苦"。疼痛是身体的感觉，而受苦是随之而起的心理反应。像平时手被烫到、刺到，脚趾踢到桌脚、不小心被门夹到，或是嘴巴内长了个小疮等，都可能引起剧痛，我们却不会觉得苦。

相反地，假如有个人长期腹泻，却一直检查不出来病因，他备受困扰："这会不会是癌症？"就算没受病痛折磨，他也会很苦闷，对吗？

苦源于我们的内心。当我们被人责骂或者遇到一件不愉快的事情时，心里不舒服是正常的反应，事过境迁，情绪慢慢地被淡化了。然而许多人一直因为以前的事情而气恼，或是担忧以后会发生的事，烦恼得睡不着觉，这即是"愁苦"。

假设周末自己在家，也许没有约会，没有和别人打电话，我就只是一个人在家罢了。如果我想的是：大家都丢下我，没人爱我，我感到很孤单和凄凉，心里就觉得"悲苦"。

你每天上班、上课早习以为常，然而如果你觉得厌恶，就会过得很"辛苦"；你看到有人买新手机、新房子，你也想要，但你的钱不够，你怨叹自怜，就会感到"穷苦"。

当你们情缘已尽，彼此潇洒地说声再见，你的内心怎么会痛苦？当你认为"我不能失去他"，一直想着"他怎么能这样对我""他怎么可以欺骗我""他辜负了我"，这让你感觉在受苦。

　　没错，让你感到郁闷、愤恨、沮丧、痛苦的并不是某人或者某事，而是你的想法。你弄清楚其中的差异了吗？

　　所有的苦都是"自己想出来的"。我们需要承受生命中的痛苦，但因想法所追加的痛苦，却不必接受。

当你痛苦时，想想看，这苦可以减轻你的痛吗？会改善你的处境吗？会改变结果吗？

当你为某人承受痛苦时，他的痛苦有所减少吗？负担有所减轻吗？

所以，痛苦是没有必要的。

第六节
痛苦就是提醒你该放下了

　　有时候，我觉得人并非真正地想放下自己的问题。人们紧抓着他们的过去不放，紧抓着他们内心的怨恨不放，紧抓着让他们痛苦的一切不放。

　　"若不是你自己紧抓着不放，痛苦又怎么会一直存在？"当我这么说时，有人疑惑地问，有人愤怒地问，有人哀伤地问，更多的人是无奈地问："为什么我一定要放下呢？"我往往只是淡然地回答一句："紧抓不放会比较快乐吗？"

　　曾经，有个小孩子把手伸进瓶子里抓到了糖果，手却拔不出来，急得哭起来。妈妈看见了，告诉孩子："放下糖果，手就可以拔出来。"

所以，如果你感到痛苦，应该先搞清楚：到底是因为有人阻挠你，还是因为你自己不愿放手？能够看清这点非常重要。

人心是很矛盾的，想要过快乐的日子，却紧抓着那些让自己不快乐的事；一面想要幸福美满，却一再提起过去的不幸和不满。如同你想要吃甜瓜，却在菜园里播下苦瓜的种子，还不断辛勤地浇灌，这不是自讨苦吃吗？

"苦海无边，回头是岸。"

"回头"是指不要纠缠往事。当你坐木筏渡河时，到了对岸，你应该将木筏留在河边，如果你背着木筏爬山，那只会给自己增加无谓的负担，多傻啊！

你知道要清理发臭的垃圾，为什么不懂得放下那些沉重的包袱呢？如果你一直扛着不放，又怎能活得轻松自在？

有个人很痛苦，于是向一位僧人倾诉自己的心事。他说："我放不下一些事，也放不下一些人。"

僧人说："没有什么东西是放不下的。"

他说："这些事和人偏偏让我放不下。"

僧人让他拿着一只茶杯，然后往里面倒热水，一直倒至水溢出来。

这个人被烫到，马上松开了手。

僧人说："这个世界上没有什么事是放不下的，你感到痛了，自然就会放下。"

你要问的是："我还要执着下去吗？""我还要虚度一周、一个月，甚至一辈子，让自己继续深陷往日的痛苦中吗？"是的，当你感觉痛苦时，就是提醒你该放下了！

人要如何解脱？

想一想，当你被卡在瓶颈处，最快的解决方法就是放下。

人要如何放下？

想一想，你如何松开手中烧烫的石头？如何放下一袋沉重无用的垃圾？

你只要不再紧抓着就可以了。

第二章
懂得满足的人找到幸福

你开出的是小花，别人开出的是大花。并不是因为别人的花比较大，别人就比较优越，也不是因为你的是小花，你就比较卑微，重点在于你们都开花了。

拥有多少才满足？

什么是满足，什么是不满足？不满足就是想求取更多、更好的心态，满足就是放下永不满足的欲望。

人们一直活在不满足之中，那是人性的本质。事实上，人们并不是拥有更多的东西就会满足。当人有 1 千元的时候，就想有 1 万元，有了 1 万元就想要 100 万元，然后又想要更多。

你也许想买那辆心仪已久的车，现在买到了，但你依旧不满足。因为不久之后，你又有了新的欲望。人们今天想要车子，明天想要房子，后天又想有个帅哥、美女陪在身边。你说："啊，如果可以和我心爱的人结婚，此生足矣。"然后呢？你终于美梦成真。你真的此生足矣吗？

去看看你的伴侣，你们原本因为喜欢才在一起，而现在为什么彼此有那么多不满？

你想买心仪已久的漂亮包包，但买到就会满足吗？不会，也许你以为要多买几个才够。那么，你去问问那些拥有一堆名牌包的贵妇，她们都满足吗？

有人以为要赚更多的钱才会满足，但你看看那些富豪，他们满足了吗？曾有人问美国19世纪第一位亿万富豪兼"石油大王"约翰·戴维森·洛克菲勒（John Davison Rockefeller）："你要有多少钱才会满足？"他说："总得再多一点儿。"

如果你不懂得知足，就永远不可能满足。心的不满足本身即是痛苦。无论你得到多少，也总是无法满足一种想要更多、更好的欲望，这个无止境的欲望就是苦。

如果感到不快乐，你必须先去了解你的欲望是什么。你必须先找到它的根，了解自己的不满足从何而来。你不要老是想"我要如何得到"，而应想"我为什么有那么多欲望"。

如果你的欲望让你不快乐，你要做的应该是限制欲望，而不是设法去满足它们，不是吗？

不满足的由来，是不知道自己早该满足了。

其实你已经拥有很多了，但你都熟视无睹，这样又怎么可能会满足？

如果你不知足，又怎么可能对目前的生活满意？

第二节

有什么好比较的?

　　每次有人问我要如何建立自信,我总会反问他:"你是如何建立起自卑的?"因为你若不是自认比较卑微,又怎么会没有自信?

　　你仔细想一想,当自己没自信时,你是和谁比较的?你是和那些看起来漂亮、富有、聪明或口才好的人比较的吗?你是否发觉他们比你更好、更有吸引力?否则为什么你会没有自信?

　　如果你把自己和时装秀中身材高挑的模特儿相比较,当然会觉得"矮人一截"。如果你不去比较的话,只是单纯地欣赏他们,就不会有任何问题,你也就不可能自卑。

　　我也没有模特儿身材高挑，不如很多男明星帅气，也没有专业歌手的别样歌喉，更没有林书豪那种好身手，我的球技甚至不如一个学生。但那又怎么样，有许多事是他们会，我不会的；也有不少事情是他们不行，我行的。

　　如果有人篮球打得比林书豪好，不代表林书豪就不好，对吗？同理，有人在某方面比你强，并不代表你就是差劲的。但是如果你一味地想去跟那个强的比较，就如同跟林书豪比篮球一样，那会如何？

　　要建立自信就不要跟人比较。自卑是靠比较来的，自信也是。通过比较去建立自信的人是愚蠢的，只要你去比较，就有可能再一次陷入自卑，因为一山还有一山高。

　　美国诗人和散文学家拉尔夫·沃尔多·爱默生（Ralph Waldo Emerson，以下简称"爱默生"）曾说："我窗下的玫瑰花从不会想到从前的玫瑰或更美的玫瑰，它们就是它们自己。"

　　玫瑰有玫瑰的娇艳，桂花有桂花的清香，莲花有莲花的挺拔和脱俗，正如每个人都有他自己的特色。一旦你了解了自己是什么，即使是一株不起眼的小金盏花，一样可以迎着阳光绽放自信。

　　我们不妨想象一下，当一只熊猫与一匹马比较时，"为什么它的腿比我的细长？为什么它跑得那么快？为什么它没有黑眼圈？"结果会怎么样？熊猫一定很自卑，一定对自己不满。

　　当你羡慕别人跑得比你快、身材比你好的时候，也许他正羡慕你比他可爱、比他有人缘呢！每一个人都是独一无二的，有什么好比较的？

不必羡慕别人

有时候，我们会羡慕别人的人生。比如某人的收入比你高，某人的事业成就比你大，某人嫁入豪门，某人当上明星，某人一毕业就出国游学打工，等等。但若这样的人生和际遇让你碰见了，你未必会幸福。因为适合他的，不一定适合你。

有位学生毕业后自行创业，5 年后身家数千万。有个同学渴望像他一样成功，于是仿效他的模式创业，结果却一败涂地。还有位学生憧憬出国游学，想过三毛那种流浪的生活，后来出国遭遇抢劫，再加上经济的压力，他才明白这样的传奇人生不是每个人都能过的。

以前，我很羡慕那些可以到国外出差开会的同事，羡慕他们免费搭飞机到处旅游，直到换成自己，才发现长途搭机不但腰酸背痛，回来还要赶报告，好累。

过去我也曾迷失过，看到别人的外在条件很好，就会认为别人的人生都比较顺利、比较幸运。直到我进一步了解后才发现，他们其实也有很多不为人知的问题，其实，家家都有本难念的经。

同事聊到她读大学时的班花，当初好多人都羡慕班花嫁入名门望族，后来却听说她过得不是很好。有一次两人见面，同事听班花哭诉，才知道灰姑娘的"水晶鞋"并不好穿。

有时候你之所以羡慕别人，是因为别人过着你幻想的人生。但你并不知道，对方可能有很多烦恼或者心里藏着一段不可告人的伤心往事。你也不知道，他正羡慕你，他也期待跟你拥有一样的人生。这一切，只是你身在其中没有发现罢了！

朋友说："父亲去世后，我开始羡慕那些双亲健在的同辈。"

女学生说："分手后，我变得很羡慕有男友陪伴的女孩。"

病人含泪说："自从下肢瘫痪，我每次看到别人活蹦乱跳的，就好羡慕。"

最近听到一段采访，那位事业有成的女强人是这么说的："当我每次在工作中感到无比疲惫或者生气到不想上班时，我就很羡慕家庭主妇。她们真是太幸福了，能够让男人心悦诚服地供她吃、供她住，愿意无怨无悔地为她付出。"

所以，你真的不必羡慕别人，因为别人也会面临困扰，你也有属于自己的幸福。别人的人生未必适合你，珍惜自己拥有的，你会找到属于自己的幸福。

你不是我，怎知我走过的路，心中的乐与苦？

有些人、有些事不要只看表面。

也许你的人生并不完美，但并不代表它不美，多看看它美好的部分吧！

第四节

缺点也是优点

　　睿睿是个好奇心旺盛的小孩，上课喜欢打破砂锅问到底。由于睿睿经常打断老师的话，且影响教学进度，老师把这种情形告诉了他的父母。

　　睿睿的父母感到困扰，是该训诫孩子，让他改变下自己，还是支持肯定他？这到底是优点还是缺点呢？

　　其实这个问题也曾让我感到困惑，优点、缺点到底是指什么？是对自己有利的特点，还是对他人有利的特点，才叫优点？那如果这些反过来，就算是缺点吗？

　　最近有个学生找工作，公司履历表要求应征者写明自己的优缺点。

"要怎么写？"他担心坦白写出自己的一些缺点，可能就不会被公司录用。

一旁的学长打趣他，还提出具体建议："你只要写对自己无益却对公司有益的缺点就可以，比如对工作要求完美常会给自己带来很大的压力这类的缺点，我觉得很多公司应该都会喜欢这样的人。"

所以，优点和缺点并非绝对对立。一个人爱管闲事，对家人和邻居而言或许不受欢迎，但对从事公益方面工作的人来说，这恰恰是优点。有人天生胆小，如果要做刑警、军人肯定是缺点，但是担任公交车司机就变成了优点。有人很会体谅他人、处处为别人着想——虽然大家都喜欢这样的好人，但要让他去做法务或者产品管理人员，那就麻烦了！

有一个非常有趣的实验，找几位对你很熟悉的人，然后请他们分别告诉你"最欣赏你的特点"与"最讨厌你的特点"。结果显示：被某人所认定的优点，却被另一个人当作缺点。

比如说，当有人欣赏你"心直口快"的特点时，就一定会有人讨厌你"口无遮拦"。

有个同事，大大咧咧，没有心机，很好相处。大家都很喜欢她，她的丈夫却对她怨言不少，说她不是丢钥匙就是丢手机，还把银行卡的密码写在卡上。

　　另一个朋友是个小心谨慎的人，喜欢做事前周全计划，可是他的妻子觉得他顾虑太多，常常小题大做，让人受不了。

　　换言之，缺点即优点，优点即缺点。我想起有个朋友经常对妻子逆来顺受，大家很疑惑他为何忍气吞声。有一天他只是轻描淡写地说了一句："若不是那样，我的婚姻能熬到现在吗？"他说的也是。如果不是这样，依他妻子的强势个性，他们可能早就离婚了。

　　有主见的人，看似独立自主，有自己的想法，但如果把握不好分寸，很可能会刚愎自用、目中无人，就成了缺点。一个人的性格很懦弱，看似是缺点，但同样的表现，如果他是忍人所不能忍，能忍辱负重，就变成了优点。

　　有时，我们常怀疑、否定别人的负面特质，对某人不谅解，反而忽略了这也是他的正面特质。如同一位事业有成的企业家说："固执是我的优点，也是我的缺点。这种性格让我犯了不少错，但如果我没有这种特质，或许早就放弃了事业，也不会有今天的成就了。"

　　回到睿睿的问题上，"爱发问"是缺点吗？当然不是，这可能是他先天的优势，是最宝贵的资产。

有人曾说："负面特质，就像音响的音量被调得太大了，只要音量调小一点儿，就是正面特点。"我完全同意。

爱发问，是有求知欲；脾气大，是求好心切；爱表现，是有领导能力，只不过"爱发问""脾气大""爱表现"这三种音量都太大声了。

反过来，没个性，是随和；为人处事糊涂，是宽宏大量；没想法，是懂得尊重服从，只不过"没个性""为人处事糊涂""没想法"这三种音量都太小了。

我们想要改变一个人并不容易，也不需要，换个角度看，改掉缺点或许意味着放弃了优点，甚至失去了特点。还不如把音量调好，让彼此都发出适合自己的音量，岂不是更好？

肯定自己的优点是自信，了解自己的缺点是成长。

所以，不要说"我有很多缺点"，而应说"我有很多特点"。

隐藏在你缺点里的，往往是你沉睡的优点。

你发现了吗？

忌妒心

忌妒是什么？它是怎么产生的呢？

大多数人不愿肯定别人的成就，甚至因为别人有所成就而感到不悦，这就是忌妒。

例如，一个同学欢天喜地地告诉你他考试得了满分，妹妹说爸妈给她买了新玩具，同事告诉你刚收到浪漫情人节的玫瑰花或是签下一笔大合约，我们纵使面带微笑，心里却不是滋味，这就是忌妒。

忌妒是拿自己跟别人比较，当你觉得别人比较优越，就产生羡慕；而当你羡慕别人又生气自己为什么没有时，忌妒就这样产生了。

羡慕常转化成忌妒，因为别人拥有，反衬出自己的匮乏；别人突出，显出自己的平庸；别人强，更显得自己弱。于是，当别人不好时，你就觉得很好；听到别人的不幸，窃喜自己还好没那么不堪；如果对方平常喜欢炫耀，你会因此有种"幸灾乐祸"的快慰。

"因为你失意，所以我感到快乐。"这是怎么回事？为什么别人的不幸会让你感到幸福？别人的失去能带给我们任何东西吗？当然不能。就像《格林童话》中白雪公主的故事，坏王后不能忍受白雪公主比她美丽，而心生忌妒。王后以为一旦白雪公主失掉青春美貌，自己就能取而代之。事实上，就算没有白雪公主，世界上还会有其他年轻貌美的女子取代王后。

在这个世界上，永远有人比你更美丽、比你成绩更好、比你收入更高、比你有更悦耳的嗓音……你想要和他人比较，就永远没完没了。

"忌妒是绿眼的妖魔，谁做了它的俘虏，谁就要受到它的愚弄。"莎士比亚在千古悲剧《奥赛罗》中的名言已说了400多年，但有多少人还在被忌妒奴役？

去给胜利的人送去祝福吧！因为总有一天，当你胜利时，也会希望别人为你高兴。没有人会喜欢输不起或者见不得别人好的人。你与其总是羡慕别人，不如做一个让别人羡慕的人。

反过来，当你被人忌妒时，也别在意，这表示你的身上有超越别人的地方。就像把瓷杯与不锈钢杯放在同一个篮子里，当它们互相碰撞，瓷杯自然破碎，其实并不是不锈钢杯有意把它撞破，只是在同一个地方碰撞的结果。如果你表现好，身边的人却感受到了压力，自然会排挤你。你所能做的就是让忌妒你的人继续忌妒。

别人"眼红""吃醋""酸葡萄"的仇视心理，其实是对你最大的肯定，是在承认你比他好，比他优越。当你真正了解什么是忌妒时，就会释怀并感到庆幸。

　　如果你羡慕别人，便表示你承认自己不如他人，既然如此，又有什么可忌妒的？

　　如果你遭人忌妒，便表示你有过人之处，既然超过他人，那有什么可难过的？

烦恼是幸福的

我常听到许多人埋怨，对生活中的一些芝麻小事感到烦恼。

其实，我们仔细思考一下会发现，这些人并没有意识到，这些让他们感到烦恼的事情反而是让人幸福的。

如果没有工作，就不会有工作上的烦恼；如果没有小孩，就不会有教养的烦恼；如果没有房子，就不会有房贷和装潢的烦恼；如果没有很多衣饰，就不会有怎么搭配的烦恼；如果没有车子，就不会有塞车和停车的烦恼……

换言之，有什么烦恼，通常也表示你拥有什么。

有位好莱坞作家曾写过一些剧本，但都不是非常抢手。

直到有一天，他因为某部卖座的电影而成为炙手可热的大制片人。有一天，他到片场上班，发现停车位被人占了。当时还有20多个停车位是空着的，可是他偏要停在他专属的停车位上。

一开始这位作家很火大，接着他突然若有所悟，然后对自己说："我突然想到，几个月前我连车子都没有呢！"

所以我常说，人要学会感恩，你觉得烦恼多，说明拥有的东西也多。

有人或许不以为然："我因欠了一屁股债而烦恼，又怎么解释？"你说烦恼什么就表示你曾拥有什么，不是吗？若没有人借给你钱，又怎么会欠债？如果未曾拥有，又怎么可能会失去？

你为长胖、变老而烦恼吗？至少你活得够久，也吃得不错。你对自己的脸蛋不满意吗？你想想那些正在与癌症斗争的人，他们宁可长眼袋、黑斑，也不想做化疗。你抱怨市场不好、生意难做吗？你可曾想过，若不是因为那样，大家早就抢着做生意了，不是吗？就算每天有忙不完的事，这也是一种幸福的负担。

有位老太太觉得整个家都是她在付出，所以对丈夫、儿子总是不满，经常抱怨，直到有一天，她的丈夫走了，

覺醒

儿子也离开她去异乡工作、生活，最后因病客死异乡。

老太太哭了好多天，从今往后，只能孤单一人面对晚年。她这才发现，原来没有"苦"可以承受的人，才是真正的苦。

你有工作、家庭，有那么多人需要你，算是很幸运了。你要感激那些需要你的人，因为他们让你找到了存在的价值和意义。

当你怀着感恩之心面对自己所拥有的一切时，就可以理解为什么我说"烦恼是让人幸福的"，而这将是非常好的领悟。

当你失去一切时，那些让你感到烦恼的事都会变成令人怀念的回忆。

因此，何不把烦恼变成感恩？这样，人生就会有更多美好的回忆。

第三章
懂得自尊的人学会自爱

如果你一直埋怨别人不能给你快乐，那你是否想过：为什么你不能给自己快乐？

如果你因为从别人那里得不到自己所渴望的东西而倍感失望，那么就从自己身上发掘它吧。你想要的东西，为什么非得从另一个人那里得到？

一个人只有尊重自己、喜爱自己，才能赢得他人的尊重与爱护。

欢喜做自己

几天前，我的学生跑来跟我说："曾经有很长一段时间，我不喜欢自己。"这让他感到自卑，经常郁郁寡欢。

他说："那阵子真的十分难熬，直到后来，我惊喜地发现有些人是喜欢我的。

"我想，既然有些人会喜欢我，为什么我不能试着去喜欢自己呢？开始时，我只是想想而已。但慢慢地，我学会了如何喜欢自己，整个人也变得开朗起来。"

有这样一则寓言故事。池塘里的荷叶上有一只青蛙，一边呱呱呱地不停叫着，一边看着水里映出来的自己。它高兴地想：我会游泳，会跳得很远很远，还会呱呱呱地大声喊，我的身上还穿着绿色的衣裳。想着想着，青蛙大声地喊起来："我是一只最漂亮、最能干的青蛙！"

野鸭听见青蛙在自我陶醉，嘲笑它："你会飞吗？"

青蛙不服气，向前跑几步，拼命地想飞起来。可是，它没有如愿。

青蛙难受不已，意兴阑珊地来到小松鼠家。青蛙问小松鼠："你会飞吗？"小松鼠说："我没有翅膀，当然不会飞。不过，我会爬树，谁也没有我爬得快。"

青蛙也想学松鼠爬树，蹬了许久也没有爬上树。

青蛙的心更受伤了，它走到山羊家去问："你会爬树，还是会飞？"

山羊说："我不会爬树，也不会飞。"

"那你会干什么呢？"

"我会看书呀！"山羊指着书上的字说，"你瞧，这两个字是'山羊'，这两个字是'青蛙'……"

山羊骄傲地说："我会认很多很多字呢！"

"我不会爬树，不会飞，又不会认字。你们都比我能干，我什么也不会！"青蛙难过地号啕大哭起来。

山羊笑着对青蛙说："你会游泳，会青蛙跳，还会呱呱呱地唱歌，你的绿衣裳特别漂亮。你是一只漂亮、能干的青蛙。我们大家都非常喜欢你。"

青蛙顿时转哭为笑，说："是啊，我是青蛙，具有青蛙的本领。朋友们都喜欢我，我也喜欢我自己。"

青蛙回到池塘边，又呱呱呱地唱起歌来。

就拿这个故事来说吧，一只青蛙什么时候最快乐？就是做青蛙的时候最快乐。什么时候鱼会快乐？做鱼的时候，它便会快乐。

那么，什么能使一个人快乐呢？

人能接受自己并且欢喜地做自己最快乐。

常有人问我："为什么你看起来总是乐观开朗？"我回答："是啊！我认为自己很好，所以感到快乐又自在！"也许我不是最好看的，但是我可以看起来很好；也许我不是最棒的，但是我可以看起来很棒。这就对了！

别人喜欢你并不是因为你的优点，而是因为你就是你。

现在你可以放胆去欣赏并接纳自己。纵使知道自己有诸多缺点，你依然接纳自己。接纳自己的个性、外貌，接纳自己好的部分，也接纳自己不好的部分，当你接纳了全部的自己之后，你也会开始喜欢自己，整个人也跟着快乐起来。

没有人能让每个人喜欢，可是每个人都可以扪心自问："我是否喜欢自己？"

既然别人都可以喜欢你，为什么你不能去喜欢自己？

如果你都无法喜欢自己，又怎么能期待别人喜欢你呢？

不要活在别人的观念里

你经常顾虑别人会怎么看你吗？你为什么那么在意别人呢？是不是因为你时常猜度别人对你的评价、看法？你总是依照别人的意见来生活，所以才会顾虑，对吗？

有一位老师把辛辛苦苦存了很久的积蓄，用来修葺房子。修葺的工程大约进行了 4 个月后，老师却中止了工程。因为有人认为他收受贿赂帮助别人走后门入学，才会有这么多的钱来修葺房子，而这位老师不喜欢被别人说闲话，所以就停止了修葺房子的工程。

许多人之所以觉得活得很累，是因为像这位老师一样，太在意别人的看法了。你太在意邻居无意的评论，太在意上司偶然的责骂，太在意朋友之间的小摩擦，太在意人与人一时的赌气，太在意别人会怎么想、怎么说……你一心想要在别人的心目中留下一个完美的印象，想让所有人都满意。这怎么可能？

如果你处处迎合别人的看法，心将无所适从。

我们扪心自问，自己如何看待某件事情？如何评论某一个人呢？其实，我们都会从表象，从自己的立场、性格与利益上考虑，对吗？换句话说，人是主观的，都有自己的好恶，别人的看法只代表个人的意见，并不代表正确。你也不可能一辈子为别人的个别意见而活。

《父子骑驴》的故事之所以成为经典，就在于其在这方面的教育意义：两人都不骑，被批评傻瓜；爸爸骑驴，被批评不仁慈；儿子骑驴，被批评不孝顺；父子一起骑驴，被批评不仁义，虐待动物。别人说得都没错，那究竟是谁错了？

这对父子错了。这对父子错在想要讨好所有人。

这是你的人生，你没理由不按照自己的路走。你的内心最重要，而非别人的心情。当你因为别人的话而坏了心情时，你要先想想自己有没有必要为这个人的话而苦恼，如果觉得没必要，那就要学着放下。

一位企业家曾说："你的时间有限，所以不要为别人而活。不要被教条所限，不要活在别人的观念里，不要让别人的意见左右自己内心的声音。最重要的是，勇敢地去追随自己的心灵和直觉，只有自己的心灵和直觉才知道自己的真实想法，其他一切都是次要的。"

人生苦短，只要做自己就对了，这还需要顾虑吗？

当你面对选择或者做决定时，你可以这样问自己："我是为了自己还是为了取悦他人而做这件事情的？"

想想看，为什么你的人生要取决于别人脑中的想法呢？

你有"自尊"吗?

　　我在餐馆吃饭时,听到邻桌的几位女士正互吐苦水。其中一位女士抱怨丈夫要她陪婆婆过年,自己却回公司值班。她的小姑一家出游要到大年初四才回来,所以她必须等大家都回来才能回家。她不满:"整个春节假期就这样泡汤了,我也想带小孩去旅游,为什么没有人替我想一想?"

　　其他人似有同感,也跟着开始报怨。她们越说越多,怪丈夫自私、怨孩子不体恤、气同事不负责任,尤其是最后发话的那位女士,谈起自己受到的委屈更是语气激动:"我做的事比谁都多,竟然还有人说我?!"

　　有的人一向尊重别人,为什么他自己却没得到应得的尊重？

有的人一再满足别人的需求，对方非但不感激，还要求更多，为什么？

答案是：他们不尊重自己的感觉。

有个女人嫁给一个经常否定她、批评她的男人后，变得很在乎男人的感受，总是努力取悦他，从不表达自己的感受，以致那个男人更加不在乎她。

我也见过许多妈妈对孩子呵护备至，和朋友说话时，任孩子打断，以致孩子常在众人面前跟她回嘴，对她更是予取予求。

你怎么对待自己，别人也怎么对待你。对方会从你的身上学到与你相处的模式。

如果别人看轻你，那是因为你没看重自己。

如果别人不在乎你的需求，那是因为你不说出自己要什么。

如果你总遇到不尊重、不珍惜你的人，是因为你不尊重、不珍惜自己。

你抱怨别人伤害你，其实是自身不断给对方伤害你的机会。你会因为配合别人的需求而愤怒，表面上是因别人的亏欠而生气，其实是气自己不够尊重自己的需求。

　　当有人贬抑、批评你："你很糟糕""你很愚蠢""你是个混蛋"时，你生气也是因为你不尊重自己的感觉。

　　我们想想看，如果有人说"你很累"，但你不觉得累，于是有更多的人说"你看起来很累"，你会怎样？如果你神采奕奕，还会质疑自己"我真的很累？"吗？

　　当然不会，因为别人的感觉并不是你的感觉。你之所以生气，是因为太过关注对方的感觉，而忘了自己的。其实，生气是"低自尊"的表现。

　　自尊就是尊重你自己的感觉，因为只有你知道自己内心深处的感受。

　　自重则是重视自己的自尊。

　　正所谓："人必自重，而后人重之。"人先要自尊自重，才能赢得他人对你的尊重。

不要问别人为什么不尊重你，你要问："我有尊重自己吗？"

不要问别人为什么看不起你，你要问："我有看重自己吗？"

第四节

有人逼你吗？

我们常会看到身边的人做了一些自己不想做的事，或是听到他们辩解说："我是被环境所逼，迫不得已这样做。我又能如何？"

然而，事实真的是这样吗？让我们弄清楚：你真的是不得已才去做那件事吗？

几天前，我读到一篇文章。

有位画家，虽然颇有才华，但艺术市场本来就不大，想在这个领域出人头地，并不容易。因此他变得愤世嫉俗，总觉得自己怀才不遇，开口闭口都是抱怨。

有一天朋友聚会时，两杯黄汤下肚，他一会儿抱怨自己有远大抱负而难以施展，一会儿抱怨为什么要过这种苦日子……

终于，有个朋友听不下去了，问他："请问，是你自己想当画家，还是有人逼你当画家的？"

"是我自己。"

"早就发现这条路很辛苦，却仍要坚持下去，是你自己的选择，还是别人要你做的选择？"

"是我自己。"

"既然这些事情都是你自己决定的，没有人逼你，那你又有什么好抱怨的？"

那位画家听了，一句话都说不出来。

所以，每当有人向我抱怨，说他做了自己不想做的事时，我就会让他问自己一个问题：真的有人逼你吗？

当初是谁决定的？	是谁答应的？
选择的人是谁？	是谁邀请的？
是谁说要参加的？	是谁让自己要相信的？
工作是谁选的？	是谁自甘委屈？
东西是谁买的？	是谁愿意被说服？
问题是谁造成的？	是谁放弃的？

对象是谁挑的？ 是谁坚持的？

　　你仔细想一想，其实很多事并不是别人强迫你去做的，因为如果你真的不想做，就不会去做。然而最后你还是做了那些事，这是你自己的决定。

　　你该怪谁？

抱怨并不能解决问题，我们要学会觉察、反思、不断修正自己，让自己变得更好。

第五节

我都是为了你

人们总认为牺牲与关爱是同一个意思，所以许多人付出爱的方式就是不断牺牲自己、迁就他人。然而，如果我们连自己都照顾不好，那会怎么样呢？

有一位婚姻不幸福的母亲，因为不希望女儿被贴上"单亲家庭"的标签，所以一直隐忍着没有离婚。然而，女儿长大后非常叛逆，和母亲之间的关系剑拔弩张。

这位母亲自然觉得很委屈。有一次母女又发生冲突，她忍不住一把鼻涕一把泪地对女儿说："我都是为了你，才不跟你爸爸离婚；我都是为了你，才一直陷在这段不快乐的婚姻里。我为了你牺牲这么多，你为什么还不知好歹？"

"这些我都看在眼里，"女儿说，"但是，您知道吗？您的'牺牲'，让我从小到大都必须忍受一天到晚吵吵闹闹的父母；您的'牺牲'，让我永远看不到妈妈的笑容，回忆里只有以泪洗面的母亲。虽知道您很爱我，但我更希望您先学会爱自己，否则您的爱只会让我觉得好累、好重！"

爱，不是牺牲。爱会带来满满的喜悦，而牺牲则会蓄积横溢的哀怨。牺牲越多，怨恨越多。道理很简单，当你不断为某人牺牲，自然会不自觉地把期待放在对方身上，希望对方多关心你一点儿、多爱你一点儿，如果对方不符合你的期望，你的内心也因此会生出不满、愤怒和怨恨。

我们想一想，自己努力地让别人快乐，可是如果自己不快乐，又怎么能让他人快乐呢？

我们不曾拥有的东西，也无法给予他人。如果我们没有热情，便只能给予他人冷漠；如果我们不曾乐观，便只能教给他人颓丧；如果我们自己活得不好，也没有余力对他人好——对他人来说，我们只是个压力源而已。

美国一位政治家曾说："你无法把自己变成穷人而去帮助穷人。"我们无法在把自己弄得惨兮兮之后，却为别人带来幸福。

那么，我们该怎么做？爱自己，是你最要紧的事。

熄灭的蜡烛，既不能照亮四周，也无法点燃另一支蜡烛。如果你想照亮什么东西，首先要点燃自己。如果你想要别人一见你就笑，你必须先真诚地对他人微笑。

同样的，如果我们想让别人对我们好一点儿，就应该鼓励他们对自己好一点儿。因为他们只有对自己好，才会对我们好。而且，他们越能享受他们给自己带来的快乐，就越有能力分享快乐给我们。

有人一辈子都在委屈自己，都在牺牲自己的快乐，也没有给别人带来快乐，何必呢？

爱的第一堂课

很多人，花了一辈子去寻找一个真正爱自己的人，到头来才发现真正爱自己的人，应该是自己。

别人的好，是会变的；别人的情，是会磨灭的；别人的爱，是可以收回的；别人想的，未必和你想的一样。如果你总是把希望寄托在别人身上，常常会一再失望。

在一个研讨会上，有位女士提及她曾与丈夫貌合神离。为了挽救婚姻，她处处委曲求全，在经历一段饱受挫折的漫长岁月后，仍没有效果。她不想再这样下去了。

"即使他不爱我，我也决定要好好爱自己。"她语气坚定地说，"我决定给予自己曾经想从他身上得到的关爱与温柔。"

她终于觉悟了。

你不爱自己，却渴望有人能宠爱你；不在乎自己内心的感受，却渴望别人在乎你的感受；不懂得体贴、照顾好自己，却渴望得到别人的体贴呵护。这怎么可能？

你也不能总是期待别人完全合乎你的心意。如果别人不合你意，你就生气、懊恼，这多么幼稚。有人记得你的生日，你就欢喜雀跃；忘了你的生日，你就悲伤难过，有如来到世界末日。何必呢？如果别人忘了你的生日，你可以买件礼物送给自己，这样还可以选到自己真正想要的东西呢！

我听说有位太太在丈夫每年过生日时，一定会提前到饭店预订酒席，并且买好蛋糕，然后将全家人都请来，为丈夫过个快乐的生日。等自己的生日到了，她也同样给自己安排生日宴会，让自己过个快乐的生日。

她说："如果我期待我的丈夫给我过生日，很可能会造成双方的不愉快。因为他庆祝的方法绝对和我的不同，搞不好还会吵架，与其等他表示，不如自己庆祝！"

这是你的生命，满足自己是你的责任，不要忘记这一点。别人不知道怎样做对你最好，你也不知道怎样做对别人最好，你的职责是选择对自己最好的做法。

曾有位读者写信给我。

"我想通了。"她说，"我花费了很长时间才明白，我的丈夫无法给我快乐，我得自己去寻找快乐。以前，我真的期待我的丈夫能做些让我快乐的事。当他猜不透我为什么绷着脸，为何埋怨他时，我总是把他的过失当成不能照顾妻子的证明。现在我知道，我从来没有为自己的快乐负责。一旦我们开始为各自的快乐负责，我们才能一起找到快乐。"

是的，你一直埋怨别人不能给你快乐，但是你是否想过：为什么你不能给自己快乐？

爱的第一堂课，就是先学会爱自己。当你给自己足够的爱时，你会明白，没有那个人，你照样能过得很好。

你不该再责怪别人："你一点儿都不在乎我！""为什么你不能对我好一点儿？"学会爱自己是你的责任。如果你从别人那里得不到你所渴望的东西，从而觉得失望，那么这东西就由你自己来给吧。这是你想要的东西，为什么非得从另一个人那里得到？

第四章
懂得转变的人无须争辩

你有你的个性和观点，我有我的个性和观点。我不干涉你。只要我能，我就感化你；如果不能，那么我就尊重你。

改变他不是你的任务，改变自己才是，因为你是那个想要改变的人，不是吗？

第一节
以人为镜

在生活中，我们有时会遇到不喜欢的人。

"要是那个人不存在就好了，我的心情一定会很愉快。"你说。

可是，为什么你的内心会如此在意这个人？为什么老遇到讨厌的人，你想过这个问题吗？

有个朋友说："为什么我总是遇到脾气暴躁又自以为是的老板？我换工作就是为了不再看到这样让人讨厌的人，没想到，现在的老板竟然又是一个以为自己什么都对的人！我怎么会这么倒霉？"我坦白地告诉朋友："你不觉得自己脾气也很大，也自视甚高吗？"

你想一想，你讨厌对方总是自以为是，是否正代表着你也认为"自己一定是对的"，否则怎会如此生气？

在你厌恶别人发怒时，你自己的内心是否也压抑了极多的怒气？在你不喜欢脾气暴躁的人时，你自己的脾气是否也开始变得暴躁起来？

我们每在别人身上看到一件不顺眼的事情，都代表自己也可能做出同样的事情，只是大家多半没有察觉，才会一再把矛头对准别人。

记得我以前教过的两个学生先后报名参加舞蹈班。一段时间后，甲同学跟我说乙同学好胜心强，很爱表现；又过了一阵子，我在跟乙同学闲聊时，她竟然说甲同学爱表现，经常在训练和表演中争强好胜、出尽风头。心中不悦的乙同学索性退出舞蹈班，自此两人形同陌路。

我讨厌爱表现的人，但是我也很想表现。如果我们能了解别人其实是一面镜子，看法就会截然不同：原来我讨厌爱出风头的人，因为那人抢走了我的风采；我讨厌爱计较的人，其实我也在计较；我无法容忍别人的批评，因为我也是爱批评别人的人。别人身上的负面特质会激怒你，往往反映出你自己也有相同的特质。

有人说:"看别人不顺眼,是自己修养不够。"

其实,不管我们身在何处,都要不断地提升自己的修养,自己修养够了,自然也就没有碍眼的人了。

你看谁不顺眼？

仔细思考一下为什么，反思一下自己是否也有类似的问题？

反问自己："这个人使我想起自己哪些讨厌的地方？"

所谓"以人为镜，可以明得失"。当你指责别人时，你别忘了拿镜子照照自己。

为什么他老是这样？

你知道这世上什么事最难吗？

答案是：想改变人最难。这是我观察得出的结果：当你想改变别人时，就意味着自己不能改，而你自己不改变，就很难改变别人。

你难道没发现？大多数妻子都想改变丈夫，丈夫也想改变妻子；父母想改变子女，子女也想改变父母。还有些人想改变同事、上司，结果呢？最后几乎没有一个人能改变。而且你越想改变对方，你们的关系就会变得越糟糕。

人际互动是一种模式，模式一旦固定，便很难改变。如果你继续以原来的模式来与人相处，你的努力只会让自己感到挫折，到头来还是老样子。你质问对方为什么总是这样，其实并无意义，因为对方总是这样，往往也代表你总是这样。就像有句话说的："如果你不能改变自己的方向，到头来还是会走回到原来的起点。"除非你先改变。

有一个关系等式：$A + B = C$。A代表"你"，B代表你觉得很难相处的人（如配偶、父母、上司），C代表你和那个人的关系。我们或许改变不了B，但不要紧。我们有能力借着改变A，也就是改变自己，来影响彼此的关系。

有个婆婆个性非常挑剔，脾气又不好，看两个媳妇都不顺眼，总是处处找她们麻烦。

大儿子的媳妇受不了婆婆的不讲理，经常与其争执，婆媳两人的关系越来越恶劣；小儿子的媳妇也看不惯婆婆的颐指气使，但是她想，反正她也没跟婆婆一起住，一年其实也见不了几次面，忍耐一下，也就算了。久而久之，婆婆心中总觉得小儿子的媳妇"比较好"，自然也就对她比较好。

有人曾说："对别人心灰意冷、束手无策的人，并不是无法改变别人，而是不能改变自己。"比如有些父母非要给子女讲大道理，有些职员强烈要求同事做某些事……其实，还不如自己以身作则更有说服力。

前阵子，我在车上听广播，听到一本有声书叫《做对媳妇，才有好婆婆》，同样的话也可以倒过来说："做对婆婆，才有好媳妇"。当你完全不一样时，对方必然会感受到，继而也会变得不一样。或许开始会有质疑和困难，因为那好像不是以前的你，但慢慢地，对方会意识到：如果你能改变，那他为什么不能改变呢？

所以，每当有人向我抱怨自己和某人关系出问题了，我会告诉对方："不要去改变或改造别人，如果忍受不了，就改变自己。而且既然你会告诉我，就表示你有心改善这段关系，对吗？"

　　是的，你想改变别人，都先从改变自己开始。

　　试想，你连自己都不能改变，那别人又怎能为你改变自己？

让你好过，我也好过

　　每个生命有它本来的样子，鸟在天上飞，马在地上跑，鱼在水里游，这就是它们的本性，人也有各自的本性。所谓"江山易改，本性难移"，你不能要求小鸟游泳，要求马飞翔，要求鱼走路，要求人改变本性也是一样。

　　有人外向，有人内向；有人天生性急，有人慢条斯理；有人爱运动，有人爱读书；有人喜欢出去踏青、社交聊天，有人喜欢待在家里看电视、听音乐。改造别人是困难的，因为那等于是要他违反他的本性。

　　举例来说：你的妻子不爱社交应酬，就算你想改变她，她也做不来。改变别人很辛苦，被改变的人更痛苦，何苦呢?

我想起一个驯兽师的故事。

他听说骆驼只会向前走,不可倒着走。

于是这位驯兽师就下定决心,要训练出一只会倒着走的骆驼!他不断辛勤地训练,经过多年的努力,终于成功了。

下一幕是在马戏场里。观众从四面八方蜂拥而来,因为广告里保证这场表演将令观众大开眼界。

那位驯兽师在场子正中央,正在唾沫横飞地说明骆驼倒着走的奇观。成千的观众则面面相觑,一脸的迷惑,每个人的表情都仿佛在说"那又怎么样?"。

这么多年来,你一直试图改变那个人,却从不质疑自己的想法。有太多事情比这些更重要,更能让彼此快乐,不是吗?

每个人都是独一无二的个体。你就是你,永远不可能变成别人,同样别人也不会变成你。认清这一点之后,你就会明白,强迫别人和你一样,其实是很不尊重别人,也是很荒谬的。

很多人并未了解尊重。尊重,是不论我们的内心认同还是不认同,只要是出于另一个人的思想和感觉,我们都重视并严肃对待。改变别人则完全不同，你改变对方其实是想把他变成你，说白了：如果某人不像我，那么他一定有问题。

每当你想改变某人，让他做自己不喜欢、不想做的事，变成他不想成为的人，他将不快乐，甚至可能会报复你。你控制、强迫他，彼此之间的对立、冲突也由此而生。

你有你的个性和观点，我有我的个性和观点。

我不干涉你。只要我能，我就感化你；如果不能，那么我就尊重你。这即是和谐的相处之道。

"让你好过，我也好过。"听我一句话，绝不要尝试将别人改变得像你，世界上有一个你已经够了。

　　你接受别人本来的样子吗？或者保留你的爱直到他们变成你想要的样子？

　　在关系不和谐的时候，请放下你的执念、是非判断，接受他现在的样子，而非你喜欢的样子，那么你们的关系就会渐入佳境。

谁说事情"应该"这样？

因为一些争执，你与他有了芥蒂，你们从此渐行渐远。你说："如果他在乎我，就应该先跟我道歉。"每当听到别人这样说，我就忍不住想问："为什么在乎你，就'应该'先道歉？这是谁规定的？难道你不在乎他吗？"

人出生时原本是一张纯净的白纸，在成长的过程中逐渐形成自己的思想和认知。有人认为："如果你是我的朋友，就'应该'肝胆相照""如果他了解我，就'应该'知道我在想什么""如果你爱我，就'应该'按照我的要求去做"……如果你身边的人没有支持你，没有按照你的要求去做，就会出问题。

双方之间的冲突和争执常常因此而起。感情上应该如何、金钱应该如何、工作应该如何、朋友应该如何、小孩应该如何、丈夫应该如何、妻子应该如何……每次我们说"某人应该如何"的时候，其实是在说他不对。

我曾在课堂上要求学生在纸上写出他们认为"某件事情应该怎样"，然后，再把自己写下的句子念出来。当他们读出"事情应该怎样"时，我会立刻问："为什么你觉得应该这样？当别人没做到时，你的反应如何呢？"

学生很容易从自己的回答中了解到情绪是如何被引爆的，并充分审视自己的想法是否正确。

我们被一些看似合理的想法所束缚，以致无法摆脱内心的桎梏。以"如果你爱我，就应该按照我要求的去做"这个想法来说，我想很少有人会去质疑它。还记得小时候，父母常常说爱我们。当乖乖听话时，我们就会得到夸赞奖励；而当不顺从时，我们就会受到惩罚。此后，我们很自然地认为"顺从是爱的表现"。

现在，让我们来看一下这个看似合理的想法真的合理吗？有位女学生说："如果你真的爱我，就应该讨我欢心，就要给我买精美的礼物；你周末要陪我，为了哄我开心而愿意做你讨厌的事。男朋友不就应该这样吗？"

是谁说男友就"应该"这样？

如果我们一味地用自己错误的想法去要求别人，当别人达不到时，我们就否定、责难别人，这样双方相处起来当然会问题不断。

我们必须清楚到底是问题圈住了我们，还是错误的认知限制了我们。当我们深信那些错误的认知时，我们要反思自己："是谁说事情'应该'这样？""紧抓这个想法对我有帮助吗？"一旦我们放下这个错误的想法，问题也就烟消云散了。

当你觉得痛苦时，你要问自己："这痛苦是因为事实如此，还是因为自己错误的认知？"

当人际关系发生问题时，你要问自己："这问题是怎么来的，是不是我被自己的想法限制了？是什么样的想法导致这个问题产生的？"

当你觉察到导致问题的错误想法时，你还要继续作茧自缚吗？

你对，不代表别人错

人为什么争吵？是因为我们认为自己是对的，别人是错的。

人为什么老爱批评人？是因为我们认定自己是对的，如果别人的想法、做法和我们不一样，别人一定是错的。

人为什么怒气横生？为什么争闹不休？所有的怒气都源于"断定我是对的"。有位作家说："只有一方有过错时，争论不会持续很久。"

究竟谁对谁错，其实没有标准答案，因为站在个人立场上，我们都认为自己是对的，因为那是我们主观意识上所认定的：我所认知的都没错，因为那是我的大脑最直接的感受，怎么可能是错的？然而问题也出在这里："若我相信某件事是对的，又怎能同时相信不同意我的人也是对的？"

甲乙两名僧人起争执，去找老和尚评理。

老和尚说："一个一个来，两个一起说我听不清楚。"

于是甲说："事情是这样的……我觉得应该是如此的……您觉得对不对？"

老和尚说："对！"

甲很高兴地走了。

于是乙不服气，说："我觉得应该是这般……您说对不对？"

老和尚说："对！"

乙也很高兴地走了。

旁边的小沙弥很疑惑，问："甲也对，乙也对，那不是没有是非了吗？"

老和尚回头看着小沙弥，笑笑说："你也对。"

人一直都在判断什么是对的、什么是错的，那只会增加两个人的摩擦，使纠纷加剧，更难以调解。这即是老和尚的智慧，不计较谁对谁错，并不是"没有是非"，而是为了彼此和谐，对错反而不重要。

一位禅修大师说："你们对于事情应该如何，何谓善恶、对错，总有许多看法。你们执着于自己的看法，并为此深受痛苦，但它们不过是看法罢了。"我们应该关切的是：什么能让人愉快？什么又带来痛苦？

环视我们周遭，想想所有我们认识的人中最不快乐、最不友善的人，就是那些自以为"是"的人。他们无法理解别人是以不同的方式看世界。相反地，那些了解"我的观点"不是"唯一观点"的人，大多是最友善、最宽容、最随和、最快乐的人。

认为自己对，不是错事，但认为别人永远错，是不对的。把这句话牢牢记住："你对，不代表别人是错的。"毕竟，就算你在道理上赢了，却输掉了感情，那又有什么意义？

请你找张白纸写下几个人名，他们是你觉得需要自我反省的人。接着你问自己："如果我放弃自以为是，不再认为那个人是错的，我会有什么不同？"

如果你跟某人闹得不愉快，也请问自己："如果当初我没有坚持自己是对的，现在我们的关系会有什么不同？"

第六节
不要相信你所想的

人之所以有那么多的痛苦，是因为将大脑里的每个想法都当真了。

当我们相信自己的想法时，我们就不得不按照那些想法而活。如果我们的头脑里一片混乱，我们的生活也会是那样的；如果我们的思想里有怨恨，我们的生活里也会有；如果我们烦躁，我们的生活也会变得乱糟糟的。

有个作家在庭院中种植了一片竹子。他喜欢坐在阳台上，吹着徐徐微风，望着美丽的竹林。他觉得风吹过竹林的声响风雅极了。

某一天，这位作家正在赶稿，眼看交稿的时间就要到了，偏偏文思枯竭，一点儿灵感也没有。

就在此时，他听到妻子在院子里扫落叶的声音。

沙沙！沙沙！

作家忍不住皱起眉头，直到声音结束，才继续写作。

过了几分钟，院子里又传来扫地的声响。

沙沙！沙沙！

他火气上来了，大吼："你可不可以等一下再扫地啊？！吵死了！"

院子里安静了下来。

但没过多久，扫地的声音又传到他的耳中，作家生气地把笔一摔，大步走到庭院里，想教训妻子一顿。但妻子根本不在庭院里，只有竹林被风吹过，传来一阵阵声响。

沙沙！沙沙！

作家忍不住哑然失笑。他这才想到，妻子一早就搭车回家探望母亲了，根本就不在家。

人们的喜、怒、哀、乐，源于自己的内在想法。当情绪波动时，我们认为是外在情境引起的，其实，内在想法才是根源。

你是否曾经暂停下来，注意自己正在想些什么？刚开始时，你可以从小小的念头着手练习。找个地方静静地坐着，闭上眼睛，只要有念头出现你都加以观察。例如，你听见路上有人猛按喇叭，马上会想起一连串的事：你突然记起有次你在马路上，也曾有后车猛按喇叭，当时你觉得很讨厌；然后你想起最近发生了一件让人很讨厌的事，因为那件事你又想起了某个人，那个人做了某些事……你的思绪就这样持续地进行下去。

每个念头都创造出一出小小的戏。比如每当我们听到旁人在小声讨论时，直觉就会告诉我们，他们是在说我们的坏话。在准备外出时下起了雨，我们就觉得天气都和我们作对。爱人没交代清楚去处，也会成为我们怀疑的焦点；爱人对别人微笑，又成为引爆愤怒的火种。我们总是为微不足道的事情赌气，然后拿冠冕堂皇的理由来攻击人。

有位作家曾说："我们从来不是为我们以为的理由而烦恼。我们烦恼是因为我们看见根本不存在的事物。"

有个病人得了阿尔茨海默病。他以前是个易怒的人，自从失去了记忆，人就变了，因为他记不得自己在生什么气。

"我的想法并不真实"，领悟了这一点，你就摆脱了自己不自觉中对那些想法的认同。"是我的想法让我不快乐"，你只有进一步看清自己日常的念头，才会真正了解，原来有些痛苦都是自己想象出来的。

当念头浮现时，你需要质疑它们。

它们完全真实吗？

当你有了某个想法，你会觉得痛苦，当你没去想它，你就不痛苦，那么是谁让你痛苦？

第五章
懂得种花的人省得拔草

其实每个人头上都有一片蓝天，如果你没有发觉，那是因为你没有认真去看。那些不如意的人、事、物，都是你人生的一部分，千万不要让它变成你人生的全部。

何必选择生气

我们每天都有选择，也时时都在选择。

在公共汽车上有人踩了你一脚，你选择作何回应？你是破口大骂，让这件事影响自己一整天的心情，还是一笑置之，说声"没关系"？

无意中听到你的朋友在背后说你坏话，你会怎么样？斥责他，骂他一顿？以牙还牙，散播对他不利的谣言？还是一笑置之？

你跟朋友去赏花，突然下了场大雨被淋成落汤鸡，你会怎么选择？是抱怨连连？或是败兴而归？还是觉得雨天的景色很有趣？

我想说的是，在任何情况下，你都可以自由选择。

你可以选择用什么观点来了解。

你可以选择用什么感觉来体会。

你可以选择用什么态度来面对。

没错，下雨会影响赏花，但是天下雨，你没办法；你能够掌控的，就是自己对下雨的反应。你可以停下来欣赏雨天的美景，看山披上了一层薄纱，听着窗外淅淅沥沥的雨声，悠闲地泡杯茶，细细品读一首诗……有些人会觉得下雨扫兴，却没有发现，那个让人扫兴的其实是自己的态度。

有人踩了你一脚，说了些伤害你的话，并不是你的错。你可以决定对这个事情做出怎样的反应，生气、感情用事，或者冷静、不在意。选择权在你手上。

许多人碰到类似的情况，常觉得自己别无选择，非发脾气不可。很多人事后可能感到懊恼，或找理由来解释自己的行为。无论如何，这些人就是没有看见自己手里有选择权。这就仿佛一个人被关在某处，虽口袋里有钥匙，却不会用钥匙开门，因为他并不知道口袋里有钥匙。

说来惭愧，即使我知道自己握有钥匙，也常把它放在口袋里不用。记得有次我带孩子到某风景区旅游，中午用餐的地方人很多，于是我要他们先找个座位，自行前去下单。

　　大家都饿着肚子乖乖排队，等了好一会儿终于轮到我了，工作人员才说某某套餐已经卖完。

　　我建议道："你们没有套餐了，牌子就不该挂在那里，这样才不会让人傻傻地排队。"

　　没想到，她竟一脸不在乎地说："因为很少有人点这个套餐，所以就没拿掉牌子。"

　　"这是什么理由……"我气得干脆不吃了。

　　事后我感到懊悔。我其实可以改选别的套餐，或是买个冰激凌消消气，何苦和自己过不去，还让孩子跟着挨饿？

　　是啊，我无法控制他人的行为，但是可以选择自己对这些行为的反应。而且，这的确只有我能控制。

　　有人不讲理，我们总是以生气来回应。其实，我们可以换个回应方式，大而化之。我们可以想，"这个人确实无理，但我可以不理"，或者"这个人很无理，也许他的工作太忙了，也许他的心情不好"。当我们选择同情对方，气不就消了大半？

　　像这周末我带孩子去吃西餐，孩子问我："为什么上餐那么慢你却不生气？"我笑着说："我是来享受，又不是来生气的。何况在等上菜的同时，可以看书报、听音乐、观察人、欣赏周遭的风景，何必选择生气呢？"

不管在做什么选择时，你都可以问自己两个问题。首先你问："我做这个选择，结果会如何？"其次你问："我现在做的选择，会带给我和身旁的人快乐吗？"如果答案是肯定的，那就去做。

当抱怨某人或某事使你悲伤或生气时，你同样问自己两个问题。首先你问："这是我唯一可做的反应吗？"若不是你就不该继续执迷。其次你问："我为何选择经历那种感觉或以那种方式反应？"如果你不喜欢那种心情，那就换个反应吧！

第二节
情愿挨骂

　　面对别人的批评，人们通常有两种反应：一种是"不在乎"，好坏随便；另一种是"太在乎"，一听到批评就坐立不安，千方百计地为自己辩护。这两种反应都不对，因为别人为何会批评，反而没有人在乎。

　　像有阵子我儿子的作业写得很潦草，老师一再提醒，妈妈也一再纠正，他不以为然，还说一堆理由辩解。于是我要他静下心来想想："别人为何批评你？他们说的是真的吗？如果他们的确没说错，你便没有理由去争辩，甚至不高兴，对吗？"

　　我拿自己为例。我把文章发表在报纸上理所当然会受到检视。每当有人对我有意见时，我会深呼吸，想想他们说的话。如果我对别人的意见嗤之以鼻，只想"那些家伙凭什么？他们说的不对。"，我以后就很难察觉我没注意和看不见的地方，当然也不会再有人愿意告诉我。

我又给儿子讲了一个故事。有个人受到他人严厉的批评，心中愤愤不平，便向一位智者吐露怨气："他有什么资格批评我？"

"我很了解你的感受。"智者说，"那就好像你走过树下，树上的猴子忽然对着你的头丢了一颗椰子。"

"您是要我把批评我的人当成猴子？"

"不是。"智者摇摇头，说，"你应该捡起椰子，喝了其中的椰汁，吃了其中的果肉，而且用果壳做一个碗，然后说——'谢谢你的椰子！谢谢你给我的批评！'"

儿子从此明白，自己可以接受批评，而不必排斥或痛恨批评的人，甚至可以从批评中学习。

如果这些批评不是事实呢？所谓：身正不怕影子斜，没有犯错，就不用怕人家说，你只要尊重每个人表达的权利就行了。如同与别人一起用餐，你认为菜的味道不错，他却说某些菜很难吃，你会因此生气或有受辱的感觉吗？当然不会。因为每个人的认知和好恶本来就不同。既然如此，你又为什么不能心平气和地包容别人的意见和批评呢？

记得在《胡适来往书信选》中，有一封胡适先生致杨杏佛的信，信中写道："我挨了十余年的骂，从来不怨恨骂我的人。有时他们骂得不中肯，我反而替他们着急。有时他们骂得太过火，反损他们的人格，我更替他们不安。如果骂我而使骂者有益，便是我间接于他有恩了，我自然情愿挨骂。"

以前担任部门主管，每次和离职的人面谈，我都会主动找"骂"，问对方："你要离职，是不是有什么原因？或是有谁做错了什么？""你认为我们有什么地方需要改善？"离职者听到问题有时很感动，加上人也要走了，往往会讲真话。他认为谁管理失当、哪里有问题，我都听得到了。

那些不合你胃口的食物，也是有营养的。当你真正了解这些，你就能张开双臂拥抱批评，并且把批评当作礼物，若能如此，就没有任何批评会伤到你。

有句话说得好："假如别人指责你，是对的，那你没有资格生气；假如别人指责你，是不对的，那你又何必生气呢？因为是他错了！"

别人撒盐伤不了你，除非你身上有溃烂之处。

好态度，好人生

你有想过影响人一生的尤为重要的因素是什么吗？

是命运、生辰八字？是姓名、血型、星座？还是婚姻工作、学识能力？其实通通不是。也不是遗传，否则你的人生便与你的家人类似；更不是环境，我们都知道，有许多身处优越环境的人反而愤世嫉俗，也有许多似乎一无所有的人却乐观进取。

那到底是什么？答案是：你的人生态度。

什么是人生态度？简单地说，是指人们对社会生活所持的总体意向，是人生观最直接的表现和反映，不同的人有不同的人生态度。使你保持一贯态度的，也是你自己的想法。

比如你相信"我就是天生要来受苦的",那么你大概会觉得日子过得艰难;你心里老想着"我总是吃亏上当",自觉像个受害者便不是巧合了;你一直认为"没有人爱我"或者"人都是不值得信赖的",结果很可能就会跟你的脑子里想的一样。

这里有一个故事。

有个青年要去当兵,临别前女友依依不舍,他却跟女友说:"我想你迟早会变心,我无所谓,早就做好了心理准备。"

虽然女友信誓旦旦地保证会等他回来,但青年只是冷笑几声。

青年入伍后,女友写了许多洋洋洒洒的长信。他看完就放在一旁,也不勤于回信。战友问他为何不多和女友联络,他说:"与其以后被背叛,倒不如现在少投入点儿感情,省得到时难过!"

女友打来电话,他也爱理不理。渐渐地,女友与他的联络逐渐减少,写信也越来越少。直到最近,女友已经三个月没音信了。

青年嘴上不说,心中却还是渴望女友的关心。

该不会真的被背叛了吧?他在心中默默想着。

终于,女友寄来一封信,在信中她果然提出分手,并写道："不管我怎么做，你也不愿敞开胸怀，因为你已认定我会背叛，只是时间早晚而已。既然如此，我就趁早成全你吧！"

你的态度将是影响结果的重要因素。如果你想着人生是如此绝望，你的人生或许就会变得绝望。如果你有一个坚定不移的想法，相信天下没有一个男人是好东西，那我敢跟你保证：你很难遇到一个好男人。即使真有对你好的男人，你也不会相信那是真的。

曾有人说："认为自己不幸福的人永远都得不到幸福。"其实那不是得不到幸福，只是悲观态度使然。即使他得到了幸福，他还是认为自己是不幸福的。人越是悲观，就越难让自己感受到幸福。

就像有位名人说的："对大多数人而言，他们认定自己有多幸福，就有多幸福。"如果你想着人生是如此美好，你的人生就会少很多烦恼；如果你抱着真诚地爱人的想法，你将会感受到爱并吸引到爱；如果你觉得自己正在走"上坡路"，自然而然，你会让自己过得越来越好。

所谓："观念决定态度，态度决定行为，行为形成习惯，习惯形成个性，个性决定命运。"你对人生的观念和态度，皆来自你的内心想法。在一生中的任何时刻，你都可以决定去改变你的态度，你的态度则来自你自己的想法。

　　当面对一件事情时，如果你以负面的态度去对待它，会是什么结果？如果你用正面的态度去对待它，会有什么结果？

　　你希望拥有什么样的人生？如果你以悲观的态度去生活，你的人生会怎样？如果你用乐观的态度去生活，人生会有什么改变？

多去种花，而不是一直拔草

　　生活很像一堆杂草，总有解决不完的问题。一个问题被解决了，马上另一个又来了。如同一位作家所说："人这一生总是一波未平，一波又起。"有人穷其一生试图去拔掉所有的杂草，然而，他们同时已经错过了生命中许多的美好时光。

　　最近，我在网络上读到一篇"反破窗效应"的文章，与大家分享。

　　某座城市的治安非常差，只要一入夜，不良少年就开始出没，四处横行。他们在街头巷尾涂鸦、抢劫路人的财物，让这座城市在晚上犹如一座死城，几乎没有人敢出门。

市长为此非常苦恼，于是高薪请来一位治安专家，希望他救救这座城市。但经过几个月的考察，治安专家也举手投降，宣布这里"没救了"！

市长一听，当然非常焦急："难道没有其他方法吗？"

专家摇摇头："没有！市长，您没有听过'破窗效应'吗？"

"这是什么意思？"

"意思是说，只要有一扇窗户被打破，不去修补，不久后其他的窗子也会跟着被打破。"

专家说："您的城市已经有太多'破窗'，只会一直恶性循环下去，绝对没希望了！"

市长不死心，又请来另一位专家。

专家观察了几天后，只请市长协助做几件事：增添清洁队的人手，把街头的垃圾清理干净、把墙上的涂鸦刷洗干净，再在住宅区的空地上种植各式各样的花草。

市长听了有点儿不高兴："我是请你来整顿治安，又不是请你来改善市容！"

但专家十分坚持，市长实在无计可施，只好答应他。

起初，涂鸦被清理掉了，隔天又马上出现新的，专家就下令立即清除干净；刚种植的花，第二天马上被拔走，花园被踩得面目全非，专家就要求立刻补种回去……接着，奇妙的事发生了！几个月过去，这座城市不但市容维持整洁美丽，就连犯罪率也下降了！

市长非常高兴地说："前一个专家还说什么'破窗效应'，根本是胡扯！"

"不，其实他说得非常有道理。"

市长听了不免吃惊。

"但是，要破解破窗效应，其实也很简单，就是'反破窗效应'！"专家微笑着解释，"既然脏乱会引来更多脏乱，更多的脏乱会引发犯罪，那何不反其道而行——创造一个不适合犯罪的清爽环境？"

市长恍然大悟，对专家非常佩服。

我们常常会遇到什么问题？生活问题、工作问题、感情问题、金钱问题，还是亲子问题？面对问题，你可以试试换个方法——多去种花，而不是一直拔草。

我发觉许多问题之所以剪不断、理还乱，是因为我们全神贯注于问题，而不是解决的方法。比如在面对问题时，我常会问"我怎么会碰到这种事？""那个人怎么如此恶劣？""他为什么要这样对我？"……这类消极且没什么意义的问题，只会让自己自怨自艾，产生无力的感觉。

从现在起，我用积极的问法："我怎样才能改善现状？""我怎么善用这个机会？""我需要做什么，才能让自己变得更好？"这么一问，我很快就能让自己振作起来。

有阵子因职务升迁，在职场中出现了许多不利于我的传闻，于是我问自己：为什么有人打击我，我的情绪就会变得很低落？后来，我改变想法：我要怎么扭转这种不利的局面？我要怎么做，才能让结果变成我想要的？我很快就找到了方向和力量。

当我们面对问题时，我们不是追问"为什么"，而是要问自己要"做什么"。以下几个问句，有助于我们调整心态，进而找到解决问题的办法。

一、这件事能给我带来什么好处？

二、我要怎么做，才能得到想要的结果？

三、我要如何以愉快的心情去处理这件事？

记住，我们应该多去种花，而不是一直拔草。

为自己拥有的欢喜而活

有只鸟在天上飞。有人叹气道:"它好辛苦,四处飞只为了觅一口食。"也有人赞叹:"它真幸福,可以自由自在地飞翔。"

两个老同学聊天。一个人抱怨:"唉!我年轻的时候,有闲心却没有钱;而今我有了钱,又没了闲心,真倒霉!"另一个人却笑着说:"我虽然年轻时没有钱,可是有闲心;虽然现在没了闲心,可是有钱!多好啊!"

两个妈妈谈起小孩。一个妈妈懊恼:"有了孩子,我本来自由自在的生活都被毁了!"另一个妈妈却欣喜地说:"有了孩子,我拥有了新的人生、更丰富的人生。"

他们的回答为什么有差别？角度不同罢了。一个快乐的人和一个痛苦的人最大的不同，并不是境遇，而是他们看事情的角度。

有个小女孩趴在窗台上，看窗外的人正在埋葬她心爱的小狗。她不禁泪流满面，悲痛不已。

她的祖父见状，连忙领着她到另一个窗口，让她欣赏自己的玫瑰花园。小女孩心中的愁云为之一扫而空，心情顿时明朗。老人轻抚小女孩的头说："孩子，你开错了窗户。"

小女孩仅仅是换了一扇窗，就见到了不同的世界。

我有时会想，中国人造字很有意思。比如"失望"，反过来看，就是"望失"，即看到失去的部分。如果我们换个角度，看见自己拥有的一切，心情是不是就完全不同？

在某个乡村里，有一对贫穷的老夫妇。有一天，老夫妇想把家中唯一值钱的一匹马拉到市场上去换点儿更有用的东西。老头儿牵着马去赶集了，他先用马跟别人换了一头母牛，又用母牛去换了一只羊，再用羊换来一只肥鹅，又把肥鹅换成了母鸡，最后用母鸡换了别人的一大袋烂苹果。

在每次交换中，他都想给老伴一个惊喜。

当他扛着一大袋烂苹果来到一家小酒店歇息时，他遇到两个人。闲聊中他谈起了自己赶集的经过，这两个人听后哈哈大笑，说他回去一定会挨妻子一顿骂。老头儿坚持声称绝对不会，这两个人就用一袋金币和他打赌，于是三个人一起回到老头儿的家中。

老太婆见老头儿回来了，非常高兴，兴奋地听老头儿讲赶集的经过。每听老头儿讲到用一种东西换了另一种东西时，她就用敬佩的语气对老头儿说：

"我们有牛奶喝了！"

"羊奶也同样好喝。"

"哦，雪白的鹅毛最漂亮了！"

"哦，我们有鸡蛋吃了！"

最后，听到老头儿说背回一袋已经开始腐烂的苹果时，她同样不愠不恼，高兴地说："太好了，我们今晚就可以吃到苹果馅饼了！"结果，那两个人输掉了一袋金币。

一位哲学家曾说："智者不为自己没有的悲伤而活，却为自己拥有的欢喜而活。"如果你只看自己拥有的东西，不看没有的，学会在沙里淘金，很快就会发现，一旦抱怨消失，苦恼也消失，随之而来的就是喜乐。

有缴税的账单，你要欢喜，这表示你还有工作；

衣服越来越紧，你要欢喜，这表示你吃得不错；

责任越来越重，你要欢喜，这表示你越来越重要；

孩子调皮捣蛋，你要欢喜，这表示你的孩子很健康，有活力；

有蛀牙要去补牙，你要欢喜，这表示你的牙齿还没掉光；

有每夜打鼾的伴侣，你要欢喜，这表示他没和别人在一起。

每一枚硬币都有两面，你要看正面还是背面?

每一个时刻你都有选择，是去欣赏还是抱怨?

你选择从哪个角度看问题，就会有哪种人生。

第六节
不抱怨的生活

大部分人经常会抱怨，几乎对每件事挑毛病。

学校的菜品太差，饮料不够凉；衬衫熨烫得不够平整，穿上显得很邋遢；公园草皮枯黄，到处是落叶；天气好热，蚊虫好多；事情这样做不对，那样做也不好……

我曾经带几个学生参加会议。安排好宿舍后，我注意到有个学生不断挑剔。

"宿舍的床好硬，棉被有点儿发霉，墙皮有点儿剥落。在角落里，我看见一只蜘蛛。我最讨厌蜘蛛。天哪！这浴室的水龙头都生锈了……"他眼睛上上下下地打量，嘴巴说个不停。

我忍不住打断他，说："你一定经常不快乐，对吗？"

他愣了一下，看着我说："你是怎么看出来的？"

"因为你很爱挑剔，我从没有见过一个快乐的人如此吹毛求疵。"

习惯性挑剔、抱怨的人，并不是没有拥有快乐，而是一直不满现状，这样当然很难快乐。

当人们面对生活时，有的人爱抱怨生活，有的人则选择享受生活。

一个人选择享受或者抱怨生活，会带来完全不同的结果。抱怨的人专注欠缺和错误的事，享受的人则专注拥有和美好的事。说得更明白一点儿，享受生活的人，不需要改善生活；忙着改善生活的人，无法享受生活。

在这个世界上，我们永远不会达到一个尽善尽美的程度。有位作家曾有感而发说："无论如何，夏日总有苍蝇；而在漫步林间之际，总难免遭蚊虫叮咬。"你能怎么办？夏天很热，我们对太阳生气，这对改善炎热有用吗？蚊虫很多，我们对蚊虫抱怨，这也没有什么用处。我们无法确保每一天成为"好"日子，唯一能做的是把每个日子"过好"。

曾有一个这样的故事：

战时，丈夫驻守在非洲沙漠的陆军基地。妻子为了能经常与丈夫相聚，就搬到基地附近去住。这里风沙很大，天气热得要命，条件很差……她觉得自己倒霉到了极点，写信给父母，说她不能再忍受了，情愿去坐牢也不想待在这个鬼地方。

她的父亲给她的回信只有一句话："有两个人从铁窗朝外望去，一个人看到的是满地泥泞，另一个人却看到满天繁星。"

此后，这句话常常萦绕在她的心中，也改变了她对生活的态度。她开始与当地居民交朋友，研究当地的编织与陶艺……她深深地爱上了这片土地，还写了一本书。

是什么给她带来了这些惊人的改变呢？沙漠并没有发生改变，只是这位妻子的态度改变了，正是这种改变，使她有了一段精彩的人生经历，发现了新天地。

有一首意大利的哲学诗是这么写的：

欣赏你花园中的各式花朵，别注意那些落叶。

细数你生命中的黄金时光，忘掉那些不愉快的回忆。

夜晚应仰望星辰，而非暗影，

生活应充满欢乐，而非哀伤。

每年欢度生日时，年岁应视朋友的多寡，而非年龄。

其实每个人的头上都有一片蓝天，只要你别让一小片乌云遮蔽头顶，就会看到那片蓝天。

　　学会享受生活，而不是抱怨生活，你将会更快乐。

　　就像你怀着闲适的心情在公园散步，即使看到路旁有垃圾，也不会让自己的心情因此感到不快，因为公园里的鲜花如此艳丽。

第六章
懂得失去的人必有所得

失去的意义在于被找到，你不必只着眼于一时的失去。

无常往往发生在人生转弯的地方。它能够帮助我们打破原来僵化的思维和一成不变的生活，带我们走向更宽广的远方，去发现新天地。

缘起缘灭

人与人或人与事之间发生联系的可能性，就是缘分。

缘，有聚有散。丈夫与妻子，朋友与朋友，若是气味相投，谈得来、感情好，就是有缘；话不投机，甚至貌合神离，便是无缘。

原本不认识的人可能变成朋友，曾经感情很好的朋友也可能因为某些事而疏离。有缘起就有缘灭，当因缘要散了，你们的感觉不一样了，你们有时还会莫名其妙地产生误会，导致关系越来越糟糕，直至破裂那就表示你们已经缘尽。

对缘分，我们不必去苦求，应该好聚好散。能在一起的人都是有缘的，即使你讨厌的人也一样。如果无缘，你又怎会遇到他，对吗？如果缘分已尽，就不必再强求。

当面对得失时，我们不必苦恼，一切顺其自然就好。

如果东西真的属于你，那么就算它暂时失去了，迟早会回到你的身边。反之，如果有东西从你的手中溜走，那说明它本就不属于你。

"花开花落僧贫富，云去云来客往还。"我很喜欢郑板桥笔下的意境：人间的富贵在僧人眼中犹如山花开落，自有其循环。每季花开，他富裕得像暴发户，但是，花一萎谢，他又一无所有了。香客来往更如同天上的云朵，自来自去，何必强求？

当人变得成熟就会越来越随缘，因为他们知道有些东西强求不来，有些来之不易的东西很难维持。

有位禅师曾诗云："有缘即住无缘去，一任清风送白云。"我们不能强求缘分，人生在世，应一切随缘，由它自然而来自然而去，就像清风白云那样，来去随意。若如此，人生哪里还会有什么放不下的东西？

第二节
悲惨遭遇变成美好回忆

在一个座谈会上，一位中年男人气急败坏地数落自己的妻子，因为她移情别恋，和别的男子在一起了。这个男人失去了所爱的女人，失去了自尊，更失去了多年来的感情投资，因而倍感心碎。

我们换个角度来看，他的爱还是存在着的，也因此他深刻体会到了锥心之痛。

换句话说，这个男人在失落与心碎时，才真正理解什么是爱。他之前和妻子在一起时，从未觉得妻子的爱会消失，直到妻子离开，才明白失去她意味着什么。

人们常会犯一个错误，就是以负面的态度看待过错和不幸，很少从成长和经验的角度来看那些人生课题是如何帮助我们迈向更好的生活，让我们更懂得爱的。

尽管我们失去了一段感情，但并不代表那个人、那段关系所带给我们的礼物也一并失去了。我们可以选择静静地感谢对方带给自己的成长和启示，感谢曾经的甜蜜时光与美好回忆。

我想起一位心理医生曾辅导过一位母亲，她的女儿在几年前的 2 月份自杀身亡。

那位母亲说，每年临近 2 月时，她对女儿的思念就会越来越深，而思念是痛苦的。她热泪盈眶地述说着自己与女儿的关系，伤心极了："我的心永远碎了。"

心理医生没有让她继续说下去，而是问她："你会不会常常想起有关女儿的美好回忆？"她说："会。"心理医生接着问她："这些温暖、愉快的回忆浮现脑海时，你有什么感受？"她说："这些回忆让我心情很好。"心理医生于是再问："当你有愉快的回忆时，你还会觉得心碎吗？"她说："不，我不会觉得心碎。"

最后，心理医生建议她千万不要说自己"心永远碎了"，应该改说："我有时候想起已逝去的女儿就很痛苦、心碎；但是一想起和她在一起时的美好时光，我就觉得快乐，很庆幸能与她有共同的回忆。"

我们不要因为失去而哭泣，要为曾经的拥有而微笑。美好的时光虽不能长存，可是我们可以把美好保存在脑海中。

有位朋友说得好："分手了，我记得最多的还是甜蜜时光。我忘掉了那个人和那些痛苦，留在记忆里最多的还是曾经美好的爱情。"

爱的可贵在于永恒，而不在于永久。子女也好，朋友、恋人也罢，没有人可以永远地拥有另一个人。所谓的"拥有"，都只是"阶段性拥有"罢了！既然如此，我们曾经相爱，就不必遗憾，曾经有过美好，就不必觉得失落。

毕竟，我们曾经拥有过，曾经幸福过，不是吗？

当爱人远离，你要问自己：爱还存在吗？如果爱还存在，他就活在你的心里；而如果爱已消失，即使勉强在一起，爱也不会回来了。

当爱人逝去，你说："他已经不在了。"但他真的"不在"了吗？不，当你不断想起他时，他已经活在你的心里了。

那不叫失败

你有没有发现一个现象：有些小孩子学走路时，无论摔得多疼，他都会爬起来继续走，而且从来不以为意。

为什么有些小孩子不在意呢？因为他不觉得摔倒很丢脸，也不觉得还会再摔跤，所以立刻站起来继续走。

当我们长大后，为什么只要事情没有按照自己所期望的方向发展，没有达到预想的结果，我们就认为自己失败了，甚至会一蹶不振？

没考到理想的成绩，我失败了。

没找到期待的工作，我失败了。

一笔生意没谈成，我失败了。

如果孩子不学好，我教育失败；如果夫妻不和，我婚姻失败；如果买错了股票，我投资失败……按照这个逻辑，所有人不都成了失败者？

据说，爱迪生在发明电灯的过程中，共历经 1999 次失败。有人问他："你是否还打算尝试第 2000 次失败？"爱迪生答道："那不叫失败，我只是发现哪些方法做不出电灯来。"

你听到了吗？他根本不认为自己是失败的，而是成功地发现了不能做灯泡的方法。很显然，失败只是一种诠释，不是一个事实。

失败并不代表你就是失败者，只代表你还没有成功罢了。

失败并不代表你无法成就任何事，只代表你又学到了新事物。

失败并不代表你浪费人生，只代表你拥有了更丰富的人生。

人生只有一次，有机会就应该多去尝试和体验。一个害怕犯错的人，就像未曾真正活过，就算没有犯错，也错过了人生很多精彩时刻。

我有两个朋友，一个很努力，另一个很懒散。

懒散的朋友常常讥笑努力的朋友白费力气。努力的朋友经历了许多，获得了宝贵的人生经验，成就了事业。可是，因为种种原因，又失败了。懒散的朋友看到了，便又讥笑他："你耗费了那么多心血，结果还不是和我一样两手空空的。"

"谁说我什么也没有？"

"那你还拥有什么？"

"过去。"努力的朋友回答。

"还提过去做什么？过去的事情已经过去了。"

努力的朋友没有再说一句话，重新开始经营他的事业。过去的朋友、同事看他振作了起来，都跑去帮忙，再加上以前积累的经验，努力的朋友很快又成功了。

懒散的朋友看到他成功了，非常羡慕，跑去问他成功之道。

他说："因为我有许多可贵的'过去'。"

如果你能从过去的错误中吸取教训，也意味着你在不断进步。如果你因为犯错而认为自己是个"失败者"，请重新建构自我形象，使自己成为一位"学习者"。将失败当作人生的洗礼，那么你每失败一次，就离成功更近了些，不是吗？

　　就像每次竞选失败过后，一位竞选者都会激励自己："这不过是滑一跤而已，并不是死了爬不起来。"你必须尽早明白，世上没有人能够永不失败。即使失败了，你也要站起来继续向前，加油！

　　请你不要害怕考验，不要害怕失败，抓住每一个机会去学习、成长，不管成功与否，蓦然回首，每一次经历都是一段精彩的旅程。凡所际遇，绝非偶然。只要你经历过，生命就没有白白浪费。

你在害怕什么？

有人问智者："我要如何去除内心的恐惧？"

智者说："你如何去除自己手中紧抓的东西？"

"你是说，是我抓住了自己的恐惧？"那个人无法苟同。

"请想想恐惧使你无法做什么，你就会同意我刚才的观点，并能看到自己的愚蠢。"

大多数人会感到害怕：怕高、怕黑、怕水、怕狗、怕蛇、怕上司、怕上台、怕丢脸、怕受伤、怕失败，怕被排挤、怕封闭的地方……我们想要免于恐惧，就必须了解心灵是如何创造恐惧的。

如果有人在地板上放一块木板，要你在上面走动，每个人都可以轻松办到。如果把同样的木板架在两座高楼之间，要你在上面走动，这时你的呼吸会变得非常急促，双脚颤抖不已，这便是恐惧。

其实，恐惧是由我们的心灵创造出来的。

曾有这样一个案例：

一个怕蛇的 9 岁小孩在谷仓里玩耍，抓起一把稻草时也握住了一条蛇。男孩异常恐惧，在意外发生后的 10 个月里，都没能好好地合眼睡觉。一个人与男孩会面时问男孩："现在蛇在哪里？"然后那个人代替男孩回答，"可能在它自己的洞里吧！当蛇妈妈问它为什么不再去谷仓里玩时，它告诉妈妈，因为有个男孩曾经用力抓起了它，还对它大叫一声，然后把它丢掉……"男孩认为这件事很可笑，两个人就一起笑了。

这个饶有深意的"笑话"，为我们看待恐惧问题提供了新观点：到底是谁吓谁呢？大部分的恐惧源于自己吓自己。就像暗夜里你错把绳子当作蛇一样，一旦你走近一点儿就可以察觉，那不过是条绳子而已。此时你不论离它多近，都不再害怕了。

我相信在你的人生中，你也一定经历过类似的情形。

你会很害怕去做某件事，并想象它恐怖的一面，但等事情结束后，你又会发现这件事竟不是那么困难。其实我们的敌人不是别人，正是恐惧本身。

有时候，我们必须让自己表现得无所畏惧。美国一位政治家曾说过："很多事我起初都很害怕，可是我假装不害怕去做，慢慢地，我真的不害怕了。"

你也可以用这种妙方尝试克服内心的恐惧。只要你表现得勇气十足，便会觉得自己勇敢起来。若这样持续得够久，佯装就变成了真正如此，你将在不知不觉中，成为真正不惧的勇者。

是的，真正具有勇气的人，内心并不是完全没有恐惧，他只是敢于直面恐惧，勇敢去做让自己感到害怕的事，这就是去除内心恐惧的最好方法。

每天做一件令自己害怕的事，今天的你比昨天的自己更勇敢！

现在清查一下你的焦虑存货，看看它们当中有多少是没有道理的。

问问自己，如果不让恐惧阻止脚步，你会采取什么行动？想象一下，当你克服恐惧，你的人生可能会有什么不同？

你要告诉自己：千万不能放弃，如果放弃这一次，以后会放弃更多次；如果你不能直面恐惧，就意味着要一直躲着它。

人生，失去什么，就会得到什么

你有一个苹果，被你吃掉了，现在有几个？

还是一个，之前的那个苹果现在在你的肚子里。

许多人会认为苹果被吃掉就没了，那是因为他们把焦点放在失去什么上面，而没有看到自己因此得到了什么。

我来举一些例子：

失恋的人总认为自己失去了爱，事实上，失去的只是不爱的人，我们应该庆幸又重新获得去爱的机会。换言之，如果我们跟某个人谈恋爱，等于放弃了和其他人谈恋爱；如果失恋了，反而可以跟其他人谈恋爱，不是吗？

其实，我们所经历的失去是另一种形态的得到。

当你为失业发愁时，谁知你的下一份工作竟然比原来的还好；当你因身体老化，为不能像以前一样走得又快又远而倍感失落时，你也因此学会放慢脚步欣赏周遭的景物，开启新视野；当你遭遇父母离婚、亲人死亡时，虽然你失去了美满的家庭，但是你也因此成长，更珍惜自己原本拥有的幸福。

有个学生，因为母亲早逝，常不自觉地陷在母亲离去的伤痛里。

"不要只看到你失去的，"我要她想想看，"是否发现自己得到了什么？"

几天后，她告诉我，以前她从未想过，原来在她的生命里，不是只有"母亲从小离开我的伤痛"而已。从她失去母爱的那一刻起，她的父亲一直身兼母职，任劳任怨地扶养她长大。她得到的是父亲全心全意的爱。

失去反而能让我们发现自己拥有什么。某摇滚乐团的主唱患上神经性失聪，被人问及这是否影响创作。他表示虽然这种疾病给创作带来了一定的阻碍，但他也因此更信任自己的团员，更能感受到其他人的温暖，对他来说反而是得到了更多。

这又让我想起了一位老先生的故事：

他拿了一幅祖传的珍贵名画参加某节目，希望鉴定团的专家来帮忙鉴定。他说，他的父亲说这幅画是名家所收藏的价值数百万元人民币的宝物。这位老先生总是战战兢兢地保护着这幅画，由于自己不懂艺术，因而想请专家鉴定画的价值。结果揭晓，专家认为它是赝品，价值还不到一万元人民币。

主持人问老先生："你一定很难过吧？"

此时，老先生脸上的线条变得无比柔和。来自乡下的他憨厚地微笑道："这样也好。不会有人来偷，我可以安心地把它挂在客厅里了。"

失去反而让我们得到轻松自在。曾有一首诗："行也布袋，坐也布袋。放下布袋，何等自在。"说的就是这个意思。

我认识一位优秀的记者，当她决定"放下"新闻工作全心照顾家庭时，她的同事、亲友都震惊不已。这是选择做一个职业妇女还是全职母亲的古老问题。然而，她放弃了工作，是希望小孩放学回家时就能看见妈妈，希望家里充满温馨。她想听从自己的心。

是的，失去的意义在于被找到，这位愿意回归家庭的记者也拥有了想要的生活。

　　人生从来没有真正的失去，每一次失去都能有所收获。所以，我们不要只着眼于一时的失去，要有更宽广的视野，去领悟得到了什么。我们应该去试着学习思考得失的辨证关系。就像那个被吃进肚子里的苹果，便是我们真正的得，怎么能说是失去呢？

如果你想把水杯装满干净的水，就必须倒掉杯内的脏水；如果你想要轻松自在，就必须先放下紧握的事物。

幸福的关键不在于得到更多，而在于你愿意放弃什么；人生重要的不在于失去什么，而在于得到什么。

第六节
无常，发现可能

　　世界上的万事万物，无时无刻不发生着变化。比如日出日落、四季轮回、潮起潮落。每个人的生活也在不断改变：苦乐、得失、分合、顺境逆境，情人移情别恋，事情超出预判，没有什么是一成不变的。

　　无常是世界的本质，也是生命的真相。人们之所以为无常所苦，是因为抗拒改变。一旦生活发生剧变，人们越无法接受，就越痛苦。很多痛苦的产生不外乎这样。

　　其实，改变并没有什么好坏之分。虽然人们从拥有到失去是无常的，但是从不好变成好也是无常的。今日雷雨交加，也许明日就艳阳高照。我们转悲为喜，不也是另一种无常吗？

改变是一种"可能"，更精确地说，"无常就是转变的可能"。因为改变，人才会有未来，事情才会有转机；因为无常，人生才充满各种可能和希望。

当遭遇重大改变时，如恋爱、升迁、意外、生死等，人们往往会产生新的人生观，突然间，生命就改变了。你的人生已经变了样，你也不再是原来的自己。

记得有位禅师说过一段话："有一只鸟每天都会栖息在一片荒原中的某一棵树的枯枝上。有一天，一阵狂风把树连根拔起，迫使鸟儿飞了50千米去寻找避难所。一直到最后，它来到一片果实累累的森林。"

这位禅师总结说："如果那棵枯树没有倒下的话，鸟儿就不会放弃自己的安全环境而飞离。"

无常往往发生在人生转弯的地方。它帮助我们打破原有的生活方式与僵化的思维，带我们走向更宽广的远方，去发现新天地。

生命有许多种可能，只是我们没有发现罢了。鸟儿必须离开母体，才可能变成一只自由飞翔的鸟；种子必须抛弃防卫，冒险地进入土壤中，才可能长成一棵大树。

覚醒

　　我们应该迎向改变，就像迎接一个春天冒出的嫩芽、迎接一个新生命。只要我们展开翅膀，整片天空就是我们的。

面对改变，许多人之所以深陷痛苦，是因为只看到外在的变化，却忽略了内在的转变。当我们的生活遭遇变化时，真正要转变的是我们自己。

当旧的自己不适合新的生活时，就是我们要改变的时候。

第七章
懂得接受的人没有纷扰

每当你遇到问题时，可以自问："为什么我认为这是问题？"

想想看：你被某个问题困扰，但别人并没有这个困扰，这个"有问题"的人是谁？

第一节
不要预期太高

你是否曾经在参加某个宴会，欣赏某部影片，或者去某地游玩之前，想象自己将有非常棒的体验？假如结果与预期有很大的差距，你是否会感到失望？

大部分人有过类似的经历，期望越高，失望往往也就越大。当然，我们对人、事拥有期待并没有什么不好。有时候，期待使我们获得更美好的事物。

比如，有人一直向往去意大利旅行，希望可以坐威尼斯贡多拉游船听帅哥唱歌，到罗马许愿池附近吃冰激凌，听听带来永恒爱情的钟声。如果他真的去了，但是并没有遇到浪漫且会唱船歌的帅哥，也没有吃到美味的冰激凌，更错过了教堂的钟声，难道这个人的意大利之行就不是美好的吗？

有时人之所以很难快乐，并非坏事发生了，而是因为事情没有达到自己的预期。如果预期很高，不但难有惊喜，更可能使我们大失所望。

所以，我常告诉学生："对任何事情不要有过高的预期。只有这样，你才不会失望、难过。如果事情的发展符合你的期待，你会感到惊喜；如果和你预期的不同，你也会惊喜。"

记得有一年我去宜兰太平山。当地气温骤降，冷得让人直打哆嗦，我还为此懊恼自己来错了日子。没想到，第二天早上天空竟飘起雪花来，外面一下子成了银白的世界，不期而遇反而多了惊喜。如果你问我："还会懊恼吗？"我希望多来太平山几次，那么你呢？

我们无须事事顺心才能快乐。无论事情是否顺利，我们都要努力活在当下。即使我们得不到期待的升迁，旅游因大雨泡汤，去餐厅订不到位子，火车误点，没有得到渴望的赞美……也要好好享受那一刻。

许多年前，我曾骑自行车出游，到了一个风景非常美丽的山区时，天空忽然乌云密布，开始下起雨来。为了躲雨，我卖力地踩着自行车的脚蹬，往回奔驰。

回到家后，我才发现自己的愚蠢：我出来的目的是享受休闲时光和观赏风景的，但在骑行中丝毫未留意四周的美景，还把自己搞得筋疲力尽。这一场阵雨早晚都会结束，我还可以在雨雾中欣赏别样的景致，真搞不懂自己当时为什么着急返回。

人生有许多事正是如此，不管我们多么紧张或者懊恼，有些状况从来不会因为我们做了什么而改变。那么，我们何不放松心情享受当下？

预期的人生是一种快乐，意外的人生是另一种快乐，说不定更加有趣。这就是我的快乐秘诀：不管当时发生什么，我都要好好享受那一刻。

　　瑞典诗人托马斯·特朗斯特罗姆（Tomas Tranströmer）说得好："森林深处有一块意想不到的空地，唯有迷路的人才找得到。"

　　或许你偶尔迷了路，却意外看见美丽的景色；只要放宽心，就有充满惊奇的故事等着你。

第二节
是谁有问题？

问题是什么？

你不介意，它就不是问题。

如果你很怕被晒黑，那么太阳对你来说就是问题；如果你很在乎成绩，那么孩子成绩差对你来说就是问题。

换句话说，当你不接受或者抗拒某件事时，这件事就会变成问题。如果你的太太喜欢家里干干净净，你却总是弄得乱糟糟的，那么你们之间就会有问题。楼上住户走路声很大，如果你不在意就没事，否则，就会生出种种问题。

我住在学校的旁边，经常听到住户抱怨："学校广播声太大，学生嬉闹的声音好吵，房子的隔音太差。"老实说，我一点儿都不觉得。这是不是很奇怪？我们住在同一栋大楼里，难道是那些学生特意跑过去干扰住户？但是这里有其他住户并未受到干扰，也就不会产生被吵的问题。

有件事大家必须了解，不管你的内心排斥的是什么，你所抗拒的一切绝对不会消失，只会更加干扰你。邻居会干扰你，天气会干扰你，蚊虫会干扰你，声音会干扰你，甚至别人的一个眼神、一句无心的话也会干扰你。

有个人想要搬家，而他今年已经搬了 5 次家了。

朋友好奇地问："你住得好好的，为什么想搬家？"

那个人抱怨说："这里的人很差劲，很难相处，所以我想搬到其他地方。"

朋友问："你不是刚搬过来不久吗？"

那个人说："是啊！我今年搬了 5 次了，还是找不到合适的住所。"

朋友又问："原因都是一样的吗？"

那个人说："对呀。"

朋友说："我看你这样搬家是无法解决问题的。"

那个人说："难道你有好办法？"

朋友说："换了那么多房子都有问题，难道你没有想过问题可能出在自己身上吗？"

每当有情绪时，你可以检视当下这一刻的感受。你的内心发生了什么？你看到了什么？你会发现：一方面你看到了正在发生的事；另一方面你并不想接受正在发生的事，对不对？然后，你的情绪因此开始受到影响，从不安、不快到发怒，甚至抓狂，干扰的强度取决于你抗拒的程度。

所以，当有人问我如何解决问题、如何放下负面情绪时，我的回答都是一样的：你必须先停止对抗你所抗拒的事。

在你的生命中，有哪些问题曾一再地困扰着你？工作、金钱、人际关系，没水准的邻居、讨厌的上司、不受管教的子女……如果你老遇到重复的问题，就要好好问自己了："我在解决问题吗？还是我就是那个问题？"

如果你非要让人、事符合自己的期许，一旦没有实现，就会变成问题；如果你坦然接受当下发生的事，并且愿意融入其中，那就没有纷扰。

有人说，一个聪明的人懂得如何摆脱问题，而一个有智慧的人懂得不去卷入问题。当你所面对的问题"不再是问题"，问题也就消失了，不是吗？

你能控制的就是自己

　　这世界上的事可以分成两种，一种是我们能够掌控的，另一种是我们无法掌控的。

　　我想买一支股票，我要开车出门，我周末要去看日出，我想追学妹，我决定每天去健身房，这些事情都是我能够掌控的。

　　我买的股票会不会涨？我开车出门会不会堵车？周末会不会下雨？学妹会不会接受？每天锻炼能不能长命百岁？这些事情都是我无法掌控的。

　　我们之所以痛苦，是因为将快乐建立在无法掌控的事物上。

　　我曾经问过一些压力过大的人，他们的压力来自何处。大多数人的回答是超出自己的控制范围。比如老板吹毛求疵、股票起起落落、伴侣个性多变、怕自己得重病……但这些并不是我们能够掌控的事。

　　所以，我们应该先了解什么是我们能够控制的事情，什么事是我们无法控制的。

　　我教书和写书，当然是希望孩子能多读书，但内心并不会强求。因为教书和写书是我能够掌控的，孩子读不读书是我无法控制的。

　　在医院，我常听到许多病人担心自己，但忧虑能改善病情吗？其实，医生负责治病，我们能控制的是自己的心情。

　　同样，我们都希望得到别人的了解、肯定与爱。但是，别人是否爱你，是否重视和了解你，也不是我们可以掌控的。

　　有位女士终于想明白了，她说："嫁给酗酒的丈夫后，我多年来一直试图让他不再喝酒。我真的以为他有一天会戒酒。

　　"一天晚上，他又喝得醉醺醺的。我看清了一切，我无法逼他做任何他不想做的事。即使喝酒的人不是我，我却被他的酗酒问题牢牢控制。

"我决定放手，让他去做自己要做的事。事实上，他一直都在为所欲为。我让他自由，也等于让自己自由地生活。"

这就对了！温度计无法控制天气。别人想什么，我们控制不了；别人做什么，我们也强求不了。我们唯一能够控制的是自己。

记得有位老师谈到"修行到底修什么"，其中有一段话是这么说的："别人要对我产生不满，我能不能控制他？当然不能。别人对我不好，不是我的问题，因为这不是我能控制的。修行就是修自己可以掌控的，如果是自己不能掌控的事，那就随它去吧！"

这也是我想要传达的，即把别人的问题还给别人，别把别人的问题变成自己的问题；把老天的遗憾还给老天，别让自己制造更多的遗憾。

生命中有太多无法掌控和承受的事，像灾难、意外、伤害、生死等，我们必须学会放手。就像我们已经坐上了飞机，所有的方向、速度、目的地，都交由机师掌控。我们在机上焦躁奔忙，并不会比较快地到达目的地，何不放松心情，享受旅程？

虽然我们无法掌控外在的一切，但是能够控制自己。

我们要尽力做好自己能掌控的事，别操心其他事，以免浪费心力自找麻烦。

为何失望？

我们都希望对方变成自己喜欢的样子，否则就会很失望。

我们的失望是如何产生的？不满又从何而来？如果静下心来想一想就会明白：这些都是我们自己创造出来的。我们一直把期望放在别人身上，这就是一再失望的原因。

当然，对他人有期望并没有什么不对，但我们必须弄清楚，期待来自自己，而非他人，没有人有义务配合或满足你。

"因为爱他，才希望他变得更好，难道有错吗？"一直以来人们都以为改变对方是因为爱，这真是很大的误解。

如果有人一直想改变你，你会觉得"被爱"吗？

有一个广为流传的故事：

一名少年正坐着吃刚煮好的鸡，他转向老师说："我真爱鸡！"老师笑着回答："如果你真心爱鸡，就会关心它们，而非杀掉又吃掉它们。你爱的其实是自己，是鸡为你带来的好处。"

人们所谓的爱，都是爱自己所爱，而不是对方所爱。当对方做了自己不爱的、不符合自己期待的事，我们就会生气，甚至不爱了，这哪里是爱？我们爱的分明是自己。

真正爱一个人，是爱他本来的样子，而不是试图把对方改造成我们喜欢的样子。如果我们爱对方，会接受他的全部，无论优点还是缺点。

真爱从来不会给我们带来伤害，凡是让我们受伤害的均来自错误的期待。所以，当我们觉得失望、受挫时，别忘了问自己：这个痛苦是怎么来的？是不是因为自己的期待造成的？能放下吗？

我们越能觉察自己的期待，就越能看到问题的根源。当我们开始接受对方原本的样子，而不是自己希望的样子时，我们的心很快就会平静下来。如果我们能够放下期望，不再尝试改变对方，彼此就会越来越满意。

我们不该责怪别人让我们失望，别人只是展示他们本来的样子。其实，问题来自自己，我们是否能接受那样的对方，或者保留我们的爱直到对方变成自己想要的样子？

爱上幻象

爱情往往止于希望的幻灭，难道你没有发觉，当感情走到最后自己容易陷入悲伤和沮丧，还带着一种被欺骗的感觉？

你为什么会觉得自己被欺骗？因为当你喜欢某个人的时候，你很容易以着迷的眼光美化他，因此你对这个人所创造出来的意象是虚假的，当然无法看清对方。

几年前，我去拜访一位朋友。他爱上了一个女人，开口闭口都是她，说她就是他的梦中情人。于是，两人决定携手共度一生。

婚后一年，我再度拜访他时，才知两人已貌合神离，形同陌路。

他满怀愤怒地说："我真是看走眼才会爱上她！"

他继续指责、抱怨……

听他吐完苦水后，我告诉他："你并没有爱上她。你爱上的是你内心投射出来的幻象。你幻想她是你的梦中情人，才会产生这种错觉。"

我们总以为自己爱错了人，那又弄错了。其实，你爱的并不是那个人，爱的是想象中的人。你心中早已想好了一个剧本，被你爱上的人就必须配合演出。对方演得好，你就觉得幸福得意；若对方演得不好，甚至不愿配合演出，你就认为自己爱错了人。

如同电影《飘》中郝思嘉说的："我爱上自己一手编造的东西。我缝制了一件衣裳，并爱上了它。当卫希礼出现时，我把那件衣裳硬往他身上套，不论合身与否。我不愿看他真实的模样。我爱的一直是那件漂亮的衣裳，根本不是他本人。"

当梦醒时分，我们难免会失望。然而希望幻灭之时，也是我们清醒之际。我们会说："好可怜，他的幻想破灭了。"这么说是不对的，好像我们知道真相是什么坏事似的。其实我们该说："好庆幸，他的幻想破灭了。"

    如果我们因为错爱而自怨自艾，大可不必！我们的爱并没有错，错的是自己迷恋的幻觉。

　　我们从不去看对方真正的样子，不去看眼前的真相，谁能满足我们的想象？

　　如果我们不再去创造那些幻象，心就会平静下来，最终会发现幻象不过是一种自我欺骗。

第六节

为什么我要让自己不快乐？

"我心情不好都是某人或某件事造成的"，你是否经常这么说呢？

一位读者写信来问："我的妻子常惹我生气。为什么她总是让我感到不快乐？有什么方法可以改善吗？"

其实，答案就在问题里。过得不快乐的人从未对自己的快乐负责，这就是他们一直不快乐的原因。

我听过无数个悲伤的人生故事，里面的人物普遍拥有"受害者"心态。"我的伴侣、我的父母、我的子女、我的同事……做了什么事情，使我气恼"，"是他让我不痛快"，"是他伤了我的心"。

我们总以为自己的情绪受他人支配，所以很容易被别人影响。如果对方顺从我们的意愿，我们就高兴；否则，我们就恼怒，这就是我们的心情起伏不定的原因。

别人怎么能左右你的心情呢？其实，你生气的原因不是来自他人的语言和行为。

你生气，不是因为妻子很差劲，或许她只是为你的生气提供了借口而已。即使换成其他人或者事情，你依然会生气。当你说"一想到这个人或者这件事我就生气""我越想越恼火"的时候，便清楚地知道是谁在制造愤怒了。

当你认为某人应该对你的快乐负责时，你已经给予对方控制你的权力。

没有人能强迫你去想任何事，你的老板无法命令你，仇敌也办不到。同样的，每个人都有自己的想法，你无法要求别人怎么想，让别人快乐也不是你的责任。一旦你意识到这一点，便知道继续为自己的想法而感到困扰、难过、恼怒是很愚蠢的。

所以，不快乐的人应该自问："为什么我要让自己不快乐？"这些人不应问："为什么别人让我不快乐？"

你应该对自己的快乐负责。

人们常误解："承认一切由自己负责，不就等于承认自己是错的吗？"事实不然，责怪是往后看，注意过去的不愉快，"他应该怎么做……"或者"他为何这样做？"，指责让我们成了无力的受害者，这样只会让自己愤愤不平，心情更糟糕而已。负责则是往前看，"现在起我该怎么做？"或者"我能做些什么来使这件事有所不同？"，这是我们在拿回自己的力量。

　　当你越向内求，越不责怪他人，就会发现自己越有力量、越快乐。这是我多年来的体悟。

当你认为别人使你不快乐，你就很难快乐。

当你把自己的负面情绪都归咎于其他人或其他事，等于让他们负责终结自己的负面情绪，这不是很可笑吗？

第八章
懂得遗忘的人雨过天晴

　　昨天的苦已过去，明天的苦尚未到来，当下要过什么样的人生，要怎么活，是由你自己决定的。你还要继续深陷在痛苦里吗？

如何解心头之恨？

一位读者来信说她被人欺骗感情："我非常恨他，真的很想报仇。我无法忘掉埋藏在心中很长一段时间的怨恨，要怎么才能消除它呢？"

的确，遗忘并不容易。我们觉得只有怨恨、羞辱、报复对方，才能让自己好过一点儿。然而，我们没有看清，怨恨本身往往比怨恨的对象带来的伤害更深。

只要我们一直盯着过去不放，一直思索报复之道，就会陷在恨意里无法自拔。我们不过是在惩罚自己，而不是在报复对方。

我在网络上读到一篇短文，觉得深受启发，与大家分享。

在让－雅克·卢梭（Jean-Jacques Rousseau，以下简称"卢梭"）22 岁那年的订婚宴上，他的未婚妻爱丽尔却牵着另一个男人的手，对他说："对不起，我爱上别人了。"

呆若木鸡的卢梭，在亲戚朋友诧异的目光中无地自容。这是莫大的羞辱！

经过良久的思索后，卢梭决定离开让他伤心的家乡，开始了流浪生涯，从瑞士到德国，再到法国……他发誓将来一定要风风光光地重返故地，找回自己丢失的尊严。

30 年后，卢梭回来了。虽然两鬓斑白，但他已经是当时著名的文学家和思想家。

有位老朋友问他："你还记得爱丽尔吗？"

"当然记得，她差一点儿做了我的新娘。"卢梭微笑着回答，一脸的轻松。

老朋友："这些年来，她一直生活在贫困潦倒之中，靠亲戚的救济艰难度日。这是她背叛你后受到的惩罚！"

卢梭："我很难过，她不应该受惩罚。我这里还有一些钱，请你转交给她，不要告诉她是我给的，以免她认为我是在羞辱她而拒绝接受。"

"你真的对她没有丝毫怨恨吗？当年她可是让你丢尽了

第八章　懂得遗忘的人雨过天晴

脸啊！"

卢梭："如果我提着一袋死老鼠去见你，那一路上闻着臭味的不是你，而是我。怨恨是一袋死老鼠，最好把它丢得远远的。如果怨恨她，那这些年我岂不是一直生活在怨恨之中，得不到快乐？"

多么有智慧的一席话。如果我们拥有了智慧就会发现，那些最难原谅的人，正是最需要原谅的人。

有人无法宽恕，是因为他们认为原谅就是赦免伤害人。事实上，原谅跟别人无关，只跟自己有关。当我们觉得自己受到伤害时，我们在心里重播了多少次那个场景？那么是谁伤害我们比较多？

如果我们真的想报复，请牢记剧作家王尔德的话："不在乎，活得快乐，就是最好的报复。"报复不是怀恨、谩骂、气愤，而是把这些当作动力，让自己过得比以前更好、更开心，让自己更成功。如同约翰·戴维森·洛克菲勒所说："你的强大，就是对他最好的羞辱，是打在他脸上最响的耳光。"这才是最好的报复，大家明白吗？

- 191 -

如果你一时无法学会宽恕，学会原谅他人，没关系，请先将注意力放在爱自己上面。

如果你的心里充满了怨恨，还有空间容下爱和快乐吗？

过了就算了

你的一只鞋子掉进了河里，明天再来此地找鞋子，你会发现那条河早已经和昨天不一样了，但是你依然会说这是掉鞋子的地方。

昨天某个人批评你、侮辱你，今天又出现在你面前，你会怎么样？你是愤怒反击，还是平和以对？

如果你的印象还留在昨天，你当然不会给他好脸色。但是今天他也许变了——或许他已经知错，想跟你重修旧好。当你怒气冲冲，不断地被昨天发生的事所影响时，你就无法看见此时此刻的他。

有一个人来到僧人面前，极尽所能地辱骂僧人，僧人只是静静地听他说完。隔天，这个人感到很内疚，便去道歉。僧人说："忘掉这件事，因为我不再是你羞辱的那个人，你也不再是相同的人。"

僧人的门徒坐在一旁，说："师父，就是这个人，他曾如此过分地辱骂你，恶意中伤你。我的心至今仍感到被伤害，不能原谅他！"

僧人说："难道你看不出来这根本不是同一个人吗？昨天的那个人怒不可遏地辱骂，而今天的这个人正在道歉，他们怎么可能是相同的人？"

僧人很清楚，这个人和昨天不再一样了，愤怒已然消散，过去已经过去。

你现在脸上有污点，我看到了；隔天你把污点去掉了，我还看到污点，请问污点在哪里？污点不在你的脸上，而是在我的心上，对吗？

在我们的生命中，也发生过很多类似的事，我们都有过不愉快甚至惨痛的经历。也许是上个星期，或者上个月，或者 10 年前，旧爱、亲友、家人曾让我们伤心过，我们在工作上曾受辱过。然而，此时此刻，那个人在哪里呢？他们还相同吗？

有两位僧人穿过一座森林，来到湍急的河边。此时，有一名身体虚弱的女子，因无法渡河而坐在岸边。于是其中一位僧人挽着女子，带她涉水而过，然后继续他们的行程。

赶了几小时的路程之后，另一位和尚突然发脾气问道："你怎么能做这种事呢？你知道与女性有肢体接触是犯了戒律。"

他的同伴笑了，温和地回答："我只是牵她一下而已，而且在几个钟头前就放手了，但你到现在还没放下她。"

"没有过不去的事情，只有过不去的心情。"想想看，那个人和那件事都已成为过去，你现在为什么依旧愤恨，甚至越陷越深？真正的原因是你跟自己过不去，对吗？

人生就像流水，已去之人不可留，已逝之情不可恋，已过去的事就过去了。所以，过了就算了吧！

　　过去的伤害已经过去，当下要过什么样的人生，要怎么活，由你自己决定。你还要继续深陷在原来的泥潭里吗？

第三节

受苦多久，由你决定

相信许多人都听过"时间可以治愈一切伤口"这句话。

如果我生气了，就需要花时间来平息怒气；如果我心情不好，就需要花时间来调适自己；如果我受伤了，就要花费更多的时间来疗伤……时间真的可以治愈我们吗？

事实上，时间并没有疗愈功能，能帮助我们疗愈伤口的是自己内心的想法与观点。

每当问题发生时，我们总是入戏太深，变得激动、愤恨、痛苦，整个人好像着魔，根本无法冷静下来。因此，我们需要时间。

如果我们在当下或者事件发生不久后能够释怀，那就不需要时间了。

我见过太多人久久地陷在伤痛里，十分痛苦，无法放下。"你不能感同身受。如果同样的事情发生在你的身上，你才能理解。"

即使你想帮助他们，他们依然紧紧抓住痛苦不放。

到底是时间问题，还是意愿问题？请大家好好地想想，时间真能改变什么吗？只要看看那些总是哀怨的人，你就能明白，时间并没有改变他们。

所以，摆脱痛苦的关键在于自己。如果你真的想要放下，那就不是时间的问题，你现在就可以放下。如果你认为需要更多的时间才能放下，就会耗费更多的时间，同时也会受更多的苦。

一位哲学家说："要转变，当下即是，是不需要时间的。"当你把光亮带进黑暗的房间时，黑暗是一点点离开的吗？是早上先离开一部分，中午再离开一部分吗？当然不是。当光进来时，黑暗立刻就消失了。转变是刹那的事，世界上的每一秒都为你的转变准备着。

你才是那个唯一能决定自己要经受多久痛苦的人。

　　我们讨论的不是能不能摆脱痛苦，而是自己愿不愿意释怀的问题。

　　并没有任何枷锁能把我们锁住，是我们自己紧抓着枷锁不放，这才是问题的根源所在。

想太多

　　我们活在当下，却为了过去的事后悔或者气愤，为了尚未到来的事担心，因此反而忽略了现在，这即是人们经常不快乐的原因。

　　去瞧瞧你的心，看看你在过去和未来的事上花费了多少时间？其实，你所气愤懊悔、伤心痛苦的，不都是以前的事吗？你所忧愁烦恼、担心害怕的，不都是尚未到来的事吗？

　　不久前，有个妇人告诉我她的先生以前对她做的事情，越说越生气。我问她："你先生现在在哪里呢？""他在上班。""你所受的伤害和你们之间发生的不愉快，又在哪里？"过去已过去，过去曾伤害我们的事物，现在并没有伤害我们。

　　因为未来还没到来，甚至可能不会到来，所以我们无法应付。我常听病人抱怨："我常常为了工作和孩子的事操心，或者为白天发生的事情烦恼，搞得自己晚上睡不着，心里很烦。"因为我们想得太多了，烦恼和忧虑均来自自己反复去想不会发生或者无法改变的事。我们可以回想一下那些让人感到忧虑烦恼的事，最后曾因自己的忧愁而变好吗？

　　古代禅师开示弟子的修行之道："吃饭时吃饭，睡觉时睡觉。"道理即在这里。如果你无法好好吃饭，也将无法好好睡觉。当你一边吃东西，一边想别的事，也无法深度安然入睡。你能明白其中的含义吗？

　　如果你总是身在心不在，无法完全投入，无法放松享受，又怎么可能快乐呢？

　　有个年轻人过得很不快乐，于是他离开故乡，千里迢迢去请教一位智者。

　　年轻人对智者说："我一直无法快乐，您能帮我想想办法吗？"

　　"这问题确实不容易，要想出办法，可能需要一段时间。"智者说，"但我计划要重新修建倒塌的围墙，恐怕没时间静下心来思考。"

"大师，修补围墙的事就交给我吧！您只要专注思考我的问题就好。"年轻人说。

智者答应了。

于是年轻人开始搬砖头、拌水泥，每天忙得浑身酸痛。最后好不容易终于把墙砌好，他兴奋地对智者说："我把工作完成了！"

智者笑着说："你不是说自己无法快乐？但你现在不是很快乐吗？"

年轻人愣住了。接着他问智者："请问大师，我为什么会感到快乐？"

"砌围墙的时候，你在想什么？"智者反问。

"我什么都没想，只是想砌好墙壁。"年轻人说。

这就对了！

你可以回想以前，然后陷入不快乐；你可以想想未来，然后陷入不快乐。可是在此时此刻，你能够活在当下吗？你能够思考现在吗？

常有人问："我总是想太多，老想一些不快乐的事，有什么办法改善吗？"很简单，只要你把心放在当下，放在

正在做的事和相处的人上面，全然融入其中，快乐便不请
自来。

　　昨天的苦已过去，明天的苦尚未到来，其余都是我们给自己增加的负担。

　　此时此刻有任何让你苦恼的问题吗？有什么令你哀伤和挂碍的事正在发生吗？

　　把昨天的一切烦恼抛开，不用担心明天，明天会安排好它自己，因为你拥有今天。

你尽管努力，剩下的交给天意

今天我要提出一个心态上的小变化，它可以彻底改变你的生命，那就是："你尽管努力，剩下的交给天意。"这看似很小的转变，效果却十分惊人，它会彻底转变你的心情，从而让你改写人生。

为什么？因为当你把自己托付给上天，你将接受事物的本质，不再预期和控制，不再患得患失，你的心情不会随着事情的好坏而有所起伏。

要怎么把自己交出来？首先你必须信任上天。你有没有注意过，有一种力量在运作这个世界，每个星球能够按照一定的轨道运转，四季变化，鸟儿迁徙，枫叶转红，一颗种子知道要在什么时候发芽……一切都是上天的安排，你相信吗？

你现在注意一下自己的呼吸、心跳，没有你的控制，它们照常进行。这是你在运作的吗？不，这并非由你所主导。如果呼吸、心跳交由你掌控，你的身体根本不可能存活下来，因为你的大脑随时会忘了这回事。与别人吵架的时候，你会记得呼吸吗？晚上睡觉，你会记得心跳吗？

那么你的人生又是怎么回事呢？它又是怎么运作的呢？

你也许正等待一份好姻缘，也许正等待升迁，也许想摆脱债务，也许正等待战胜病魔。放开自己，你去信任上天的安排。既然大自然的一切都是被如此睿智地安排，我们必须相信，每一件发生在我们身上的事，都将指向一个更加广大、完美的计划。

有人可能感到疑惑："我遇到过很多麻烦，还发生过意外，这不会是上天刻意安排的吧？"是的，也许上天意在使你从中学习，推动你往前走，让你成长，提升你对困境的抗压能力；或者，让你学会自助与帮助别人。

请大家不妨回想一下，你的身边是否有人在经历某些事之后，生命似乎发生了重大转变？

　　有些事情，也许没有按照你预期的发展，也许变得更糟糕。但你真的知道什么是好事，什么是坏事吗？以《塞翁失马》的例子来说，大家一开始认为的悲剧，到后来才知道是祸是福。所以，不要判断，也不要去谴责，因为你不知道事情为何发生，也不知道它会带来什么样的结果。

当你不知该怎么做的时候，做自己所能做的，其余的事就不要再想。

当你无力控制生命中的不确定时，你要学会放手。

当你已经尽力，其余就交给老天安排吧！

第六节
此事亦将会过去

我很喜欢一篇文章，大意是这样：

有一个小男孩斜靠在一座桥的栏杆上，望着桥下的流水，一会儿有一根树干流过，一会儿则是树枝、木片流过，一会儿有一片树叶流过。无论是什么东西浮在水上，水面依然平顺。这水或许已经从桥下流过数百年、数千年，甚至数百万年了。有时水流湍急，有时流速转慢，但是河水依然绵绵不绝，日复一日地流过桥下。

那一日，男孩注视着桥下的流水，得到一个重大的启示。他突然领悟到在我们人生中所经历的每一件事，都会像桥下的流水一样，缓缓流逝，不留一点儿痕迹。

男孩遂对"桥下的流水"这几个字特别钟爱。从此以后，这几个字就一直陪着他，支撑着他突破人生重重考验。

回首过往，你所听到的某些话，经历的某些事，曾经的哀伤、愤怒、欢喜……一切都过去了，不是吗？

加薪、买新车、同事的赞美，都让我们感到愉悦，但我们的心情很快又恢复平静；受到批评、车子剐蹭、身体不适，同样让我们心情低落，但过了几天，我们的心情又变好了。

也许你在前一刻事事顺利，下一刻却困难重重，人生总是起起落落。现在让你痛苦的人和事物，过去也曾让你热烈渴望；现在让你欢喜的人和事物，也许未来却让你伤痛不已。当你欣赏花开花落时，或许会感伤，但你明白不久后花儿一样会再开落。

一切都会过去的。生命的遭遇犹如水中的浮草、花瓣、枯枝，终究会在时间的河流中飘向远方。

无论如何，人要学习的是以平常心看待一切。因为知道无常，便懂得成败、得失、悲喜的来来去去。因为一切都是短暂的，平常就该珍惜，而当无常到来时，我们也能以平常心看待。

　　你正失意吗？难过吗？灰心吗？记住，那只是"桥下的流水"。没有永远的黑夜，也没有永远的白天；当愁雾散去，又是清澈明净，此事亦将会过去。

当你遭遇困难、阻碍时，当你怀忧、丧志时，把它们想象成掉到河中的一根树枝或者一片枯叶，你看看水面有何变化吗？

就算水面有变化又怎么样？最后它们都会顺流而下，一切都会过去的。